Edgar Wallace
Der grüne Brand

Alle Edgar Wallace Kriminalromane:

1 Die Abenteuerin.
2 A. S. der Unsichtbare.
3 Die Bande des Schreckens.
4 Der Banknotenfälscher.
5 Bei den drei Eichen.
6 Die blaue Hand.
7 Der Brigant.
8 Der Derbysieger.
9 Der Diamantenfluß.
10 Der Dieb in der Nacht.
11 Der Doppelgänger.
12 Die drei Gerechten.
13 Die drei von Cordova.
14 Der Engel des Schreckens.
15 Feuer im Schloß.
16 Der Frosch mit der Maske.
17 Gangster in London.
18 Das Gasthaus an der Themse.
19 Die gebogene Kerze.
20 Geheimagent Nr. Sechs.
21 Das Geheimnis der gelben Narzissen
22 Das Geheimnis der Stecknadel.
23 Das geheimnisvolle Haus.
24 Die gelbe Schlange.
25 Ein gerissener Kerl.
26 Das Gesetz der Vier.
27 Das Gesicht im Dunkel.
28 Der goldene Hades.
29 Die Gräfin von Ascot.
30 Großfuß.
31 Der grüne Bogenschütze.
32 Der grüne Brand.
33 Gucumatz.
34 Hands up!
35 Der Hexer.
36 Im Banne des Unheimlichen.
37 In den Tod geschickt.
38 Das indische Tuch.
39 John Flack.
40 Der Joker.
41 Das Juwel aus Paris.
42 Kerry kauft London.
43 Der leuchtende Schlüssel.
44 Lotterie des Todes.
45 Louba der Spieler.
46 Der Mann, der alles wußte.
47 Der Mann, der seinen Namen änderte.
48 Der Mann im Hintergrund.
49 Der Mann von Marokko.
50 Die Melodie des Todes.
51 Die Millionengeschichte.
52 Mr. Reeder weiß Bescheid.
53 Nach Norden, Strolch!
54 Neues vom Hexer.
55 Penelope von der »Polyantha«.
56 Der Preller.
57 Der Rächer.
58 Der Redner.
59 Richter Maxells Verbrechen.
60 Der rote Kreis
61 Der Safe mit dem Rätselschloß
62 Die Schuld des Anderen.
63 Der schwarze Abt.
64 Der sechste Sinn des Mr. Reeder.
65 Die seltsame Gräfin.
66 Der sentimentale Mr. Simpson.
67 Das silberne Dreieck.
68 Das Steckenpferd des alten Derrick.
69 Der Teufel von Tidol Basin.
70 Töchter der Nacht.
71 Die toten Augen von London.
72 Die Tür mit den 7 Schlössern.
73 Turfschwindel.
74 Überfallkommando.
75 Der Unheimliche.
76 Die unheimlichen Briefe.
77 Der unheimliche Mönch.
78 Das Verrätertor.
79 Der viereckige Smaragd.
80 Die vier Gerechten.
81 Zimmer 13.
82 Der Zinker.

Edgar Wallace

Der grüne Brand

The green Rust

Kriminalroman

Aus dem Englischen von
Rita Mathias

GOLDMANN

Umwelthinweis:
Alle bedruckten Materialien dieses Taschenbuches
sind chlorfrei und umweltschonend.

Jubiläumsausgabe
Februar 2000

Umschlaggestaltung: Design Team München
Druck: Elsnerdruck, Berlin
Krimi: 05328
Herstellung: sc
Made in Germany
ISBN 3-442-05328-5

1

»Wenn es ein Gesetz gibt, das verbietet, was ich vorhabe, dann mußt du es umgehen, Jim! Du bist Rechtsanwalt und kennst dich aus, du wirst es schon schaffen – außerdem bist du mein bester Freund ...« Der Sterbende sah den Mann an, der auf einem Stuhl neben seinem Bett saß, und las in seinen Augen warmes Verständnis für diese Bitte.

Man konnte sich kaum größere Gegensätze vorstellen als die zwischen dem Kranken, der auf dem Bett lag, und der schlanken, fast schmächtigen Gestalt seines Freundes. Auch jetzt, in seiner letzten Stunde, war noch etwas von der ungeheuren Kraft zu spüren, die John Millinborn ein ganzes Leben hindurch erfüllt hatte. Groß, breitschultrig und muskulös, war er ein Mensch, dem man es ansah, daß er stets viel im Freien gearbeitet hatte. James Kitson dagegen war der typische Intellektuelle, der sein Leben in dumpfen Büros und muffigen Gerichtsräumen verbrachte, umgeben von staubigen Gesetzbüchern und Aktenbündeln.

Und doch bestand zwischen diesen beiden, dem millionenschweren Reeder und dem erfolgreichen Rechtsanwalt, eine echte, lebenslange Freundschaft, der auch ihre unterschiedlichen Anschauungen nichts hatten anhaben können.

»Ich werde alles tun, was in meinen Kräften steht, John. Du hinterläßt dem Mädchen eine ungeheure Verantwortung – anderthalb Millionen Pfund.«

Der Kranke nickte.

»Das ist noch nicht alles, Jim. Als mein Vater starb, hinterließ er meiner Schwester Mary und mir je hunderttausend Pfund. Was ich aus meinem Anteil gemacht habe, weißt du. Meine Schwester hatte weniger Glück – die Männer liefen ihr nach, weil sie wußten, daß sie Geld hatte; den allerschlimmsten hat sie sich schließlich ausgesucht.«

Er holte tief Luft.

»Sie heiratete einen gutaussehenden Schuft, der ihr Vermögen bis auf den letzten Pfennig verjubelte und sie schließlich mit einem Berg von Schulden und einem Baby, das kaum einen Monat alt war, sitzenließ. Die arme Mary starb, und er heiratete bald darauf wieder. Natürlich habe ich versucht, das Kind zu bekommen, aber er war schlau genug, es mir nicht zu geben. Als die Kleine – es war ein Mädchen – zwei Jahre alt war, verlor ich die beiden aus den Augen. Sie waren wie vom Erdboden verschluckt, alle meine Nachforschungen waren ergebnislos. Erst vor einem Monat erfuhr ich den Grund: Der Mann war ein international bekannter Verbrecher und wurde von der Polizei gesucht. In Paris, wohin er bei Nacht und Nebel abgereist war, hatten sie ihn geschnappt; die Anklage gegen ihn lautete auf seinen richtigen Namen – der Name, unter dem er geheiratet hatte, war falsch gewesen. Als er aus dem Gefängnis entlassen wurde, behielt er seinen richtigen Namen bei und änderte natürlich auch den Namen des Kindes entsprechend.«

Der Rechtsanwalt nickte.

»Du willst, daß ich . . .?«

»Laß das Testament beglaubigen und gib dir dann den Anschein, daß du mit allen Mitteln nach Margaret Predaux suchst. Du wirst sehen, daß es niemand gibt, der dir sagen kann, wo sie ist. – Den wirklichen Namen des Mädchens kennst du ja, und ich habe dir auch gesagt, wo sie wohnt. Ihr Vater verschwand, als sie sechs Jahre alt war – wahrscheinlich ist er tot; und ihre Stiefmutter hat sie erzogen, ohne daß sie von ihrer Verwandtschaft mit mir etwas wußte. Seit ihrem fünfzehnten Lebensjahr, nachdem auch die Stiefmutter gestorben war, arbeitet das Mädchen.«

»Ich soll also vorerst so tun, als könnte ich sie nicht finden?«

»Richtig. Ich habe meine Gründe. Erst wenn sie verheiratet ist, darfst du sie benachrichtigen. Behalt sie aber im Auge, Jim, gib dafür soviel Geld aus, wie du willst. Keinesfalls sollst du sie aber auf ihrem Lebensweg irgendwie beeinflussen – es sei denn, du merkst, daß sie auf einen Hochstapler hereinfällt . . .«

Seine Stimme, die während der Erzählung etwas von ihrer alten Kraft zurückgewonnen hatte, wurde plötzlich leise. Schwer sank sein Kopf auf das Kissen zurück.

Kitson stand auf und ging zur Tür. Sie führte in ein geräumiges Wohnzimmer, durch dessen große, offene Fenster warmer Sonnenschein ins Zimmer fiel.

Ein Mann mit einem Spitzbart – er war etwa dreißig Jahre alt – stützte sich mit dem Ellbogen auf das Fensterbrett und blickte über die weiten Felder von Sussex. Als der Rechtsanwalt ins Zimmer kam, drehte er sich schnell um.

»Ist etwas nicht in Ordnung?« fragte er.

»Ich glaube, er ist wieder ohnmächtig geworden. Bitte gehen Sie zu ihm, Herr Doktor.«

Der junge Arzt ging schnell an das Krankenbett und nahm mit dem Stethoskop eine kurze Untersuchung vor. Hastig nahm er dann von dem Tischchen, das neben dem Bett stand, eine Injektionsspritze und füllte sie aus einer Ampulle. Geschickt stach er die Nadel in eine Armvene des Patienten und drückte den Kolben langsam nach unten. Einen Augenblick blieb er noch vor dem Bett stehen und blickte den Bewußtlosen aufmerksam an, dann ging er achselzuckend zurück in das Wohnzimmer, wo Jim Kitson auf ihn wartete.

»Nun?«

Der Arzt schüttelte den Kopf. »Ich weiß nicht, was daraus wird«, sagte er ernst. »Das Herz setzt aus. Hat er einen Hausarzt, der ihn schon öfter behandelt hat?«

»Nicht daß ich wüßte. Er haßte die Ärzte – in seinem ganzen Leben ist er noch nicht krank gewesen. Ich habe mich sehr gearzt, der ihn schon öfter behandelt hat?«

Dr. Harding lächelte.

»Es blieb ihm nicht viel anderes übrig. Er wurde im Schnellzug auf dem Weg hierher krank – ein Schwindelanfall –, und ich war zufällig in der Nähe. Er bat mich, ihn zu begleiten, und so bin ich schließlich zusammen mit ihm hier gelandet. Seltsam«, fügte er hinzu, »daß ein so reicher Mann wie Mr. Millinborn ganz ohne Begleitung reist und daß er so gut wie allein in diesem Bauernhaus – mehr ist es ja eigentlich nicht – wohnt.«

Jim Kitson brachte ein Lächeln zustande.

»Er haßt alles, was nach Luxus aussieht. Ich glaube nicht, daß er in seinem ganzen Leben für sich selbst mehr als tausend Pfund im Jahr ausgegeben hat. – Meinen Sie übrigens nicht, daß es besser wäre, wenn Sie bei ihm blieben?«

Der Arzt zuckte die Schultern.

»Ich kann nichts für ihn tun. Er hat mir verboten, einen Spezialisten zu holen – und leider muß ich sagen, daß er damit recht hat. Hier kommt jede ärztliche Hilfe zu spät. Immerhin ...«

Er ging zurück ans Bett, und der Rechtsanwalt folgte ihm. John Millinborn schien in einen unruhigen Dämmerzustand verfallen zu sein. Nachdem ihn der Arzt noch einmal untersucht hatte, setzten sich die beiden Männer im Wohnzimmer an einen Rauchtisch.

»Hat er eigentlich sein Testament gemacht?« erkundigte sich der Arzt beiläufig.

»Ja«, entgegnete Kitson kurz.

»Aha, dachte ich mir doch – ich sah, daß Sie den Gärtner und die Köchin hereinholten, um das Dokument zu beglaubigen«, sagte Dr. Harding.

Er trommelte mit den Fingerspitzen gegen seine Zähne – eine nervöse Angewohnheit von ihm.

»Wenn ich nur etwas Strophantin hätte«, meinte er plötzlich. »Vielleicht würde das noch etwas nützen – zumindest könnte es eine Erleichterung für den Patienten bedeuten.«

»Können Sie nicht den Gärtner schicken – oder soll ich es holen?« fragte Kitson. »Kann man es überhaupt in der Dorfapotheke bekommen?«

Der Arzt nickte.

»Ich glaube schon. Allerdings bezweifle ich, ob der Apotheker die Menge, die ich nötig habe, dem Gärtner selbst gegen mein Rezept aushändigt. Ich bin« – er lächelte – »nämlich hier fremd.«

»Dann gehe selbstverständlich ich«, sagte der Rechtsanwalt energisch. »Ich bin froh, wenn ich wenigstens etwas für meinen Freund John tun kann.«

Der Arzt zog einen Rezeptblock aus der Tasche, schrieb ein Rezept aus und gab es dem Anwalt, der sofort damit aufbrach.

Hill Lodge, das Landhaus John Millinborns, stand auf einem Hügel. Der Weg ins Dorf hinunter war steil und lang, Alfonston lag immerhin fast zwei Kilometer entfernt. Jim Kitson schritt rasch aus. Als er auf halbem Weg eine frisch angelegte Schonung passierte, hörte er im Dickicht plötzlich ein raschelndes Geräusch. Er blieb stehen und sah gleich darauf einen Mann auf sich zukommen.

»Wahrscheinlich ist es verboten, hier durchzugehen«, sagte der Fremde mit heiserer Stimme. Sein Gesichtsausdruck war von einer merkwürdigen, erzwungenen Freundlichkeit und stand ganz im Gegensatz zu seiner Kleidung, die zwar einen guten Schneider verriet, aber völlig schmierig und zerrissen war. Sein Hemd war unbeschreiblich schmutzig, dafür steckte in der zerknüllten Krawatte eine silberne Krawattennadel.

Vor allem war es aber das Gesicht, das Kitsons Aufmerksamkeit erregte. Es war aufgedunsen, mit glanzlosen Augen, die unter schweren schwarzen Brauen hervorblinzelten. Etwas unverhüllt Böses lag unter der Freundlichkeit versteckt. Die Lippen verzerrten sich zu einem höhnischen Lächeln, als der Anwalt unwillkürlich einen Schritt zurücktrat.

»Mir ist es wohl verboten, hier spazierenzugehen? Zum Totlachen, mir verboten – komisch, sehr komisch ...!« Er lachte heiser und krächzend und brach mit einer Flut schmutziger Schimpfworte ab.

»Oh, entschuldigen Sie vielmals«, sagte er dann plötzlich und hielt unvermittelt inne. »Sie sind doch ein Gentleman, wie? Dann werden Sie auch verstehen, wenn ein anderer Gentleman Kummer hat ...« Er kramte aus seiner Westentasche ein Monokel hervor und klemmte es sich ins Auge. »Man sollte es nicht für möglich halten – Durchgang verboten!« Seine Stimme schnappte vor Wut fast über. »Wenn es nach mir ginge, würde ich dafür gewissen Leuten die Gurgel durchschneiden.«

Der Anwalt hatte bis jetzt noch kein Wort gesprochen, gewann aber jetzt seinen üblichen Gleichmut zurück.

»Was haben Sie hier zu suchen?« fragte er schroff. »Das ist ein Privatweg, verstanden?«

Der Mann starrte ihn an und lachte höhnisch.

»Natürlich, ganz recht, wie Sie wünschen, Sir!« Er riß mit einer übertriebenen Verbeugung seinen Hut vom Kopf, wobei eine Glatze zum Vorschein kam, drehte sich um und verschwand im Gebüsch. Kitson überlegte einen Augenblick, ob er ihm nicht nachgehen solle, um sich davon zu überzeugen, daß er das Grundstück auch wirklich verließ. Aber dann dachte er an seinen Auftrag und setzte eilig seinen Weg zum Dorf fort.

Fast eine Stunde war vergangen, ehe er wieder, etwas außer Atem, bei dem Landhaus anlangte. Der Arzt erwartete ihn schon unter der Tür. – »Wie geht es ihm?«

»Unverändert. Wie steht's mit dem Medikament? Ich bin Ihnen sehr dankbar, daß Sie die Besorgung übernommen haben.« Er nahm das Päckchen und ging mit dem Anwalt ins Haus.

»Ganz ehrlich, Doktor, glauben Sie, daß er noch eine Chance hat?« fragte ihn Kitson.

Dr. Harding schüttelte bedauernd den Kopf.

»Ganz ehrlich – ich glaube nicht, daß er überhaupt noch einmal zum Bewußtsein kommt.«

»Mein Gott!«

Der Rechtsanwalt konnte es noch immer nicht fassen. Wenigstens hatte er geglaubt, daß noch Tage, vielleicht sogar Wochen vergehen würden, bevor es zu Ende war. Er eilte sofort in das Zimmer, wo sein Freund lag. Der Arzt folgte ihm.

John Millinborn lag mit geschlossenen Augen da, sein Gesicht war totenbleich. Der Rechtsanwalt blieb neben ihm stehen und legte seine Hand auf die Stirn des Sterbenden.

»John, John«, murmelte er und wandte sich erschüttert ab. Er schritt auf das offene Fenster und blickte, tief in Gedanken versunken, über die friedliche Landschaft hin.

Der Mann fiel ihm wieder ein, den er im Wald getroffen hatte, und er überlegte sich, ob er dem Arzt davon erzählen sollte. Der Kranke rührte sich nicht, und nach einem langen Blick auf ihn ging der Anwalt wieder ins Wohnzimmer. Unentwegt kreisten seine Gedanken um das Mädchen, dessen Namen niemand als er allein wußte. Wie würde sie die Millionen verwenden, die sie einmal erben sollte?

»Jim, Jim!«

Er fuhr herum.

»Das war Johns Stimme!«

»Schnell – komm ...«

Der Arzt war aufgesprungen, und beide stürzten in das Krankenzimmer zum Bett hin.

Millinborn saß aufrecht da, und als der Anwalt den Arzt beiseite schob, sah er in die weitaufgerissenen Augen seines Freundes.

»Jim, er hat ...«

Sein Kopf fiel auf die Brust, und der Arzt bettete ihn sanft auf das Kissen zurück.

»Was ist denn los, John? Sprich doch weiter ...«

»Ich fürchte, es geht zu Ende«, sagte der Arzt und ordnete die Bettdecke.

»Ist er tot?« flüsterte der Anwalt entsetzt.

»Nein, aber ...«, er winkte dem anderen, ins Wohnzimmer zu gehen, was Kitson nach einem Blick auf die reglose Gestalt auch tat. Der Arzt folgte ihm kurz darauf. »Bleiben wir lieber hier, wir können doch nichts für ihn tun.«

Er trat ans Fenster und schaute eine Zeitlang hinaus. Plötzlich deutete er mit einem erstaunten Ausruf auf einen Mann, der vom Hause fort den Abhang zum Wald hinunterrannte.

Kitson wußte sofort, wer es war. Es konnte nur der Mann sein, den er vorher im Wald getroffen hatte, die seltsame Kleidung des Fremden war ihm noch genau in Erinnerung. Die wilde Flucht des Mannes, der Ausdruck des Entsetzens, mit dem er ab und zu den Kopf wandte, ließ den Anwalt einen Augenblick lang seine traurige Umgebung vergessen.

»Was hat der wohl hier gemacht?« fragte er.

»Wer ist denn das überhaupt?«

Das Gesicht des Arztes drückte ebenfalls Schrecken aus – als ob er etwas Unheimliches hinter dieser Flucht vermutete.

Kitson ging zurück in das Zimmer, wo der Sterbende lag – auf der Schwelle blieb er erstarrt stehen.

Der Arzt trat neben ihn und folgte dem Blick des anderen. Rot tropfte es vom Bett auf den Boden. Mit einem erstickten Aufschrei sprang Kitson auf das Krankenlager zu und riß die Bettdecke herunter. Er taumelte zurück – aus der Brust John Millinborns ragte der Elfenbeingriff eines Messers.

2

Dr. Harding hatte seine Praxis im Erdgeschoß des Kroomanhauses, eines Gebäudes in der Nähe der Oxford Street, das zum größten Teil an Geschäftsleute vermietet war.

Er praktizierte dort seit sechs Jahren mit recht gutem Erfolg. Seine Privatwohnung lag im ersten Stock. Sie war so geräumig, daß er ein Zimmer als Laboratorium eingerichtet hatte, in dem er ungestört seinem Hobby – chemischen Experimenten – nachgehen konnte. Der geheimnisvolle Mord an John Millinborn hatte übrigens eine gewisse Reklame für ihn gemacht. Die Tatsache, daß er den Millionär behandelt hatte, brachte ihm eine Reihe neuer Patienten ein.

Seine Theorie, daß der Mord von jemandem verübt worden war, der das offene Fenster als Einstiegsmöglichkeit ausnützte, während sich die beiden Männer im Wohnzimmer aufhielten, war auch von der Polizei akzeptiert worden. Fußspuren in den Blumenbeeten vor dem Fenster zeigten deutlich den Fluchtweg des Mörders. Trotz aller Bemühungen hatte man jedoch den schäbig aussehenden Mann, dem Mr. Kitson begegnet war, nicht auffinden können; er schien wie vom Erdboden verschluckt.

Drei Monate nach dem Mord stand der Arzt auf den Stufen vor seiner Haustür und beobachtete den vorbeiziehenden Strom von Fußgängern. Es war sechs Uhr nachmittags, und auf den Gehsteigen drängten sich Arbeiter, die nach Hause gingen.

Dr. Harding hatte eben dem letzten Patienten die Tür geöffnet und überlegte sich, ob er noch ein wenig spazierengehen sollte. Plötzlich zuckte er zusammen – ein junges Mädchen kam auf ihn zu. Ein dunkelblaues Schneiderkostüm kleidete sie mit jenem reizvollen Chic, der auch in der dichtesten Menge auffällt. Sie hatte große, schöne Augen, die auf eine merkwürdige Weise gütig und verständnisvoll wirkten. Von ihrer ganzen Erscheinung ging etwas Faszinierendes aus, dem sich bestimmt kein Mann entziehen konnte.

Ungezwungen winkte sie ihm zu und begrüßte ihn gleich darauf mit strahlendem Lächeln.

»Miss Cresswell, ich habe Sie schon lange nicht mehr gesehen. Wo haben Sie denn gesteckt?«

»Vor genau zwei Tagen haben wir uns zum letztenmal gesprochen – bitte keine Übertreibungen«, entgegnete sie vergnügt.

»Wie steht es denn jetzt, haben Sie eine andere Wohnung?«

Sie schüttelte den Kopf.

»Miss Millit sagt, daß nichts für mich frei wäre.«

»Wie ärgerlich«, meinte er. Man sah ihm deutlich an, daß er verstimmt war. »Haben Sie ihr von Beale erzählt?«

Energisch nickte sie.

»Natürlich, ich habe ihr ausführlich erklärt, daß der Herr, der mir gegenüber wohnt, zwei Monate hindurch ununterbrochen betrunken ist – also die ganze Zeit über, die er sich im Kroomanhaus aufhält. ›Stört er Sie?‹ fragte sie. ›Betrunkene Leute stören mich immer‹, antwortete ich. ›Und Mr. Beale kommt jeden Abend in einem Zustand nach Hause, den ich nur als bedauerlich bezeichnen kann.‹ «

»Was meinte sie dazu?«

»Sie sagte, solange er mich nicht persönlich belästige, gehe sie die Sache nichts an.« Ihr Lachen klang jetzt etwas hilflos. »Die Wohnung ist eben so hübsch und so billig, daß ich es mir einfach nicht leisten kann, auszuziehen. – Sie wissen gar nicht, Herr Doktor, wie dankbar ich Ihnen bin, daß ich die Wohnung bekommen habe – Miss Millit ist sonst unverheirateten jungen Damen gegenüber nicht besonders gnädig.«

Lachend sah sie zu ihm auf.

»Was haben Sie jetzt schon wieder für einen Grund, vergnügt zu sein?« erkundigte er sich.

»Ich dachte an die komische Art, wie wir beide uns kennengelernt haben.«

Tatsächlich war das recht merkwürdig gewesen.

Sie arbeitete als Kassiererin in einem der großen Kaufhäuser des Westends. Er hatte dort eine Kleinigkeit gekauft und mit einer Pfundnote bezahlt, die sich später als unecht herausstellte. Das Mädchen mußte den Verlust aus ihrer eigenen Tasche wiedergutmachen – aber dann war das Erstaunliche geschehen. Der Doktor war wiedergekommen, hatte sich entschuldigt und die

Sache aufgeklärt. Die falsche Banknote hatte er als Kuriosität einmal geschenkt erhalten; durch einen Zufall war sie unter sein anderes Geld geraten.

»Ohne diesen Vorfall hätte ich nie erfahren, daß hier eine Wohnung zu bekommen ist, und die mißtrauische Miss Millit hätte mich nie ohne Ihre Empfehlung aufgenommen«, sagte sie.

Mit einem kameradschaftlichen Händedruck verabschiedete sie sich von ihm, als eine ärgerliche Bewegung des Arztes sie aufblicken ließ.

»Was ist denn los?« sagte sie. »Ach so, Nummer vier!«

Mit zusammengekniffenen Augen beobachtete er einen Mann, der sich dem Hauseingang näherte. Schwankend versuchte er, auf dem Randstein wie auf einem Drahtseil zu balancieren. Abgesehen von seiner nachlässigen Kleidung, sah er eigentlich ganz anständig aus. Mit seinem blonden Haar, das in wirren Strähnen über die Stirn hing, und mit dem weit ins Gesicht gerückten Hut machte er bei näherer Betrachtung aber doch einen recht zweifelhaften Eindruck. Sein Versuch, das Gleichgewicht mit Hilfe eines Spazierstockes zu halten, den er als Balancierstange benutzte, wäre jemand weniger Empfindlichem als Margaret eher komisch erschienen.

Er rutschte aus, fing sich wieder, rutschte wieder aus und landete schließlich nach einigen mißglückten Versuchen vor der Haustür, unter der die beiden immer noch standen.

Mit einem gravitätischen Schwenken seines Hutes begrüßte er sie.

»Wie geht's, meine Herrschaften?« erkundigte er sich freundlich grinsend. »Lassen Sie sich nicht stören – habe nur einen ganz kleinen Schwips . . . mikroskopisch klein sozusagen, um es wissenschaftlich auszudrücken.«

Er lächelte den Arzt wohlwollend an, übersah den bedeutungsvollen Blick, den sich die beiden zuwarfen, und stolperte mit einem abschiednehmenden Winken die breite, steinerne Treppe hinauf. Nach einiger Zeit hörten sie; wie er oben mit seinem Türschlüssel an der Tür herumfummelte, bis sie endlich mit einem Krach hinter ihm zuschlug.

»Scheußlich – und doch . . .«

»Und doch?« wiederholte der Arzt.

»Eigentlich fand ich ihn komisch. Vielleicht ist er im Grunde genommen gar kein so schlechter Kerl.«

Nachdem sie noch eine Weile miteinander geplaudert hatten, verabschiedete sie sich und stieg die Treppe zu ihrer Wohnung hinauf. Ihr kleines Appartement lag in dem gleichen Stockwerk, in dem auch Mr. Beale wohnte. Drei Wohnungen waren von einem gemeinsamen Flur aus zu erreichen; sie hatten die Nummern vier, sechs und neun.

Im Vorbeigehen schaute sie ein wenig furchtsam auf Nummer vier, aber von dem Bummler war nichts zu sehen und zu hören. Bei Nummer sechs schloß sie auf, ging hinein und drehte hinter sich zweimal den Schlüssel herum. Die Wohnung bestand aus einem Schlaf- und einem Wohnzimmer, einem kleinen Bad und einer noch kleineren Küche. Da die Miete erstaunlich niedrig war, konnte sie ziemlich sorglos leben.

Sie zündete den Gasherd an, stellte den Wasserkessel auf und begann sich den kleinen Couchtisch zu decken. Nach einer halben Stunde saß sie gemütlich vor ihrer Tasse Tee und überlegte sich, daß es ihr eigentlich ganz gut ging. Der Arzt fiel ihr ein, und sie war froh, einen so guten und anständigen Bekannten zu haben. Besonders gefiel ihr an ihm, daß er sich ihr gegenüber nie zuviel herausnahm und bis jetzt noch keinen der üblichen Annäherungsversuche unternommen hatte.

Nachdem sie gegessen hatte, holte sie sich die Abendzeitung und machte es sich auf der Couch gemütlich. Inzwischen war es dunkel geworden, und sie knipste das elektrische Licht an. Ein Flakkern der Lampe ließ sie gleich darauf von ihrer Zeitung aufschauen, doch in diesem Moment ging das Licht auch schon aus. Sie suchte im Halbdunkel eine Schachtel Streichhölzer und ging in die Küche, wo die Sicherungen eingebaut waren. Eine davon war durchgebrannt, und natürlich hatte sie keine Ersatzsicherung im Haus.

Was tun? Sie konnte zum Hausmeister gehen, wollte dies aber nur im äußersten Notfall tun, da sie mit ihm nicht gerade auf dem besten Fuß stand. Der Doktor fiel ihr ein, und sie lief rasch zur Wohnungstür. Die Treppenhausbeleuchtung war angeknipst; sie ließ die Tür hinter sich offen und ging den Flur entlang.

An der Tür des Doktors war eine Karte befestigt: »Bin um zwölf Uhr zurück. Warten.«

Der Arzt war also ausgegangen und erwartete offensichtlich Besuch.

Seufzend lief sie die Treppe hinunter und erhielt vom Hausmeister nach einigem Hin und Her schließlich die Sicherung.

Auf dem Weg zurück ging natürlich auch noch die automatische Treppenhausbeleuchtung in dem Augenblick aus, als ihr ein Mann auf der Treppe entgegenkam. Aus irgendeinem Grund machte er ihr einen unheimlichen Eindruck, und ihr Herz klopfte heftig, bis sie an der dunklen Gestalt vorbei war und auf dem nächsten Treppenabsatz den Lichtschalter gefunden hatte.

Vor ihrer Wohnungstür blieb sie erstaunt stehen. Sie hatte die Tür angelehnt gelassen, jetzt stand sie aber sperrangelweit offen.

Verwundert schüttelte sie den Kopf und schaute sich dann ein wenig ängstlich um. Kein Laut war im ganzen Haus zu hören. Selbst der stets übermütige Mr. Beale verhielt sich ganz ruhig.

Zögernd ging sie einige Schritte in die dunkle Wohnung – ein kalter Schauer lief ihr den Rücken herunter, und sie mußte sich selber Mut zureden, bevor sie sich an der Wand entlang weitertastete.

Endlich stand sie vor der Tür, die in die Küche führte, und suchte nach der Klinke. Sie tappte mit der Hand ins Leere – vorher war die Küchentür geschlossen gewesen, jetzt stand sie offen! Der Schweiß brach ihr aus.

»Unsinn, Margaret!« sagte sie laut zu sich selbst und gab sich einen Ruck. »Was soll denn schon los sein!«

Entschlossen betrat sie die Küche und tastete sich zum Herd, auf dem sie vorhin die Streichholzschachtel hatte liegenlassen.

Ein schnarrendes Geräusch neben ihr ließ sie zurückfahren.

»Ist jemand hier?« fragte sie mit bebender Stimme.

Kein Laut. – »Wer ist da?«

Sie machte einen unsicheren Schritt nach rückwärts. Plötzlich packte eine Hand sie am Arm, und sie hörte neben sich einen schnellen Atem.

Schreiend riß sie sich los, wobei ihr Blusenärmel in Fetzen ging. Sie rannte zurück, so schnell sie konnte, erreichte die Wohnungstür, stürzte hinaus und schlug sie hinter sich zu. Nur eine Sekunde zögerte sie, dann lief sie zur Tür Mr. Beales und hämmerte mit beiden Fäusten dagegen.

»Betrunken oder nüchtern, er muß mir helfen ...«, keuchte sie außer sich.

Sie hatte erst einigemal gegen die Tür geschlagen, als diese plötzlich aufging und Mr. Beale auf der Schwelle stand.

»Was ist denn los?«

Sie war viel zu erregt, um den Ton seiner Stimme zu beachten.

»Ein Mann – ein Mann in meiner Wohnung!« stieß sie hervor und zeigte auf ihre zerrissene Bluse. »Ein Mann ...«

Er schob sie beiseite und ging auf ihre Tür zu.

»Schnell, den Schlüssel!«

Mit zitternden Fingern zog sie ihn aus ihrer Schürzentasche.

»Warten Sie einen Augenblick!« Er rannte in seine eigene Wohnung zurück und war gleich darauf mit einer Taschenlampe wieder da. Er sperrte auf, zog zu ihrem Erstaunen eine Pistole aus seiner Hüfttasche und verschwand in der Wohnung.

Gleich darauf hörte sie seine Stimme scharf und drohend: »Hände hoch!« Ein erschrockener Ausruf war zu hören, und dann rief ihr Mr. Beale zu: »Kommen Sie herein. Ich habe ihn im Wohnzimmer.«

Sie rannte in die Küche und schraubte mit fliegenden Händen die Sicherung ein. Das Licht flammte auf, und sie ging ins Wohnzimmer.

Eng an die Wand gedrückt sah sie einen kränklich aussehenden Mann mit totenblassem Gesicht und einem für seine Figur viel zu großen Kopf vor sich. Er hielt die Hände so hoch gestreckt, wie er nur konnte.

Mr. Beale war im Begriff, ihn gründlich und schnell zu durchsuchen.

»Keine Waffe? Gut. Tun Sie die Hände wieder herunter und leeren Sie Ihre Taschen!«

Der Mann legte den Inhalt erst der einen und dann der andern Tasche auf den Tisch; das Mädchen sah ihm mit weit aufgerissenen Augen zu.

»Hallo, was ist denn das?«

Beale nahm eine Karte in die Hand, auf die eine Zahl gekritzelt war, die ebensogut eine Sechs wie auch eine Neun sein konnte.

»Verstehe«, sagte Beale. »Haben Sie noch etwas? Ein wenig schnell, mein Freund.«

Ängstlich gehorchte der Mann. Eine lederne Brieftasche kam zum Vorschein, die Beale sofort untersuchte. Ein Päckchen war darin, das wie ein kleines Brausepulverpäckchen aussah.

Der Mann sagte etwas, und Beale antwortete ihm in einer Sprache, die Margaret für Italienisch hielt.

»Ich muß Sie hier ein wenig allein lassen«, wandte sich Beale dann an das Mädchen. »Mein Freund und ich werden einen kleinen Spaziergang zusammen machen – ich bin gleich wieder da.«

Sie verließen die Wohnung, und Margaret hörte, daß sie die Treppe hinuntergingen. Nach zehn Minuten kam Beale allein wieder zurück, und erst jetzt, nachdem sie sich wieder etwas gefaßt hatte, wurde ihr die seltsame Tatsache bewußt, daß er völlig nüchtern war.

Er sah sie so ernst an, daß sie verlegen wurde.

»Miss Cresswell«, sagte er ruhig, »ich muß Sie bitten, mir einen großen Gefallen zu tun.«

»Gerne, wenn ich es irgend kann.«

»Ich will Sie nur bitten, niemand etwas von dem zu erzählen, was heute abend hier passiert ist.«

»Niemand?« Sie sah ihn erstaunt an. »Aber der Doktor . . .«

»Selbst nicht dem Doktor«, sagte er mit einem seltsamen Blick. »Gerade darum bitte ich Sie besonders!«

Sie überlegte einen Augenblick.

»Ich verstehe es zwar nicht ganz, warum ich niemand erzählen soll, in welch liebenswürdiger Weise Sie mir geholfen haben – aber ganz wie Sie wollen, ich werde keinem Menschen etwas davon sagen.«

Er hob den Kopf.

»Fassen Sie die Geschichte mit diesem – hm – Einbrecher nicht falsch auf. Wahrscheinlich hatte er mehr Angst vor Ihnen, als Sie vor ihm. Übrigens habe ich den ganzen Abend auf ihn gewartet.«

»Sie haben ihn erwartet?«

Er nickte.

»Wo denn?«

»In der Wohnung des Doktors«, entgegnete er mit dem ruhigsten Gesicht der Welt. »Sie müssen nämlich wissen, daß der Doktor und ich Todfeinde sind. Wir rivalisieren auf wissenschaftlichem Gebiet miteinander und erwarteten beide diesen Burschen. Ich wollte dem Doktor unbedingt zuvorkommen.«

»Aber wie sind Sie denn in die Wohnung des Doktors hineingekommen?«

»Ich habe diesen Schlüssel«, sagte er und zeigte ihr einen kleinen Schlüssel. »Vergessen Sie nicht, daß Sie mir versprochen haben, nichts über diese Geschichte zu erzählen! Der Mann, den ich soeben hinausgebracht habe, hat einfach die beiden Nummern verwechselt. Übrigens paßt dieser Schlüssel in beide Türen.«

Er zeigte ihr, daß sich der Schlüssel leicht im Schloß ihrer Wohnungstür drehte. Dann ging er zu dem Tisch im Wohnzimmer.

»Und das ist es, worauf ich gewartet habe!«

Mit diesen Worten hob er das Papierpäckchen auf und öffnete es. Ungefähr ein Teelöffel voll von einem Pulver, das wie grünes Sägemehl aussah, kam zum Vorschein.

»Was ist denn das?« flüsterte sie ängstlich.

»Das«, sagte Mr. Beale nach kurzem Zögern, »das ist eine ziemlich gelungene Nachahmung des grünen Brandes.«

»Des grünen Brandes? Was soll das heißen? Was macht man damit?« fragte sie verwirrt.

»Hoffentlich werden wir das niemals erfahren«, entgegnete er ernst. Erstaunt sah sie, wie in seinen klaren Augen einen Moment lang eine Spur von Angst auftauchte.

3

Am nächsten Morgen fühlte sich Margaret wie zerschlagen. Die Ereignisse des gestrigen Abends erschienen ihr heute, im grauen, kühlen Licht eines Londoner Morgens, wie ein Traum.

Auf dem Weg ins Geschäft ließ sie noch einmal die einzelnen Szenen ihres Abenteuers in ihren Gedanken Revue passieren. Am erstaunlichsten kam ihr heute die völlige Veränderung Mr. Beales vor. Sie hatte sich bisher anscheinend gründlich in ihm getäuscht.

Sollte sie diese Geschichte wirklich ganz für sich behalten? Sie hatte immer noch gute Lust, wenigstens Dr. Harding davon zu erzählen. Sie hatte ihm gegenüber fast ein schlechtes Gewissen – besonders wenn sie daran dachte, daß Mr. Beale ohne Wissen des Arztes in dessen Wohnung gewesen war. Warum er das eigentlich getan hatte und ob es ein Zufall war, daß ihre Wohnungstür und die Dr. Hardings mit dem gleichen Schlüssel zu öffnen waren, darauf konnte sie sich bei allem Nachdenken keinen Reim machen. Auf jeden Fall wollte sie sich sofort ein anderes Schloß anfertigen lassen.

An der Ecke des großen Häuserblocks, der in der Hauptsache von Punsonbys Warenhaus gebildet wurde, stieg sie aus dem Bus. Punsonby war eines der vornehmsten Warenhäuser Londons, und sie konnte von Glück sagen, daß sie dort eine gutbezahlte Stellung gefunden hatte.

Sie wollte eben die Pendeltür des Eingangs für die Angestellten aufstoßen, als jemand ihre Schulter berührte.

Erstaunt drehte sie sich um und sah Mr. Beale ins Gesicht. In einem gutsitzenden grauen Anzug und mit einem weichen grauen Hut sah er auffallend elegant aus.

»Entschuldigen Sie bitte, Miss Cresswell«, sagte er freundlich. »Könnte ich einen Augenblick mit Ihnen sprechen?«

Sie sah ihn zweifelnd an.

»Viel Zeit habe ich nicht«, entgegnete sie dann ein wenig abweisend.

Er nickte eifrig.

»Natürlich, das kann ich mir denken. Ich würde Sie auch nicht gerade jetzt belästigen – aber unglücklicherweise kann ich mein Geschäft nicht warten lassen. Ich bin nämlich«, er lächelte, »trotz meines ›ausschweifenden‹ Lebenswandels Geschäftsmann.«

Sie sah ihn scharf an, denn es kam ihr so vor, als machte er sich ein wenig über sie lustig. Seinem Gesicht war aber nicht das geringste anzumerken.

»Im übrigen werde ich Sie nicht länger als zwei Minuten aufhalten«, fuhr er fort. »In diesen zwei Minuten muß ich Ihnen allerdings sehr viel sagen. Aber keine Angst – mit meiner Lebensgeschichte werde ich Sie nicht belästigen!«

Jetzt lächelte er, und sie mußte ganz gegen ihren Willen ebenfalls lachen.

»Ich habe ein Geschäft in der City«, begann er dann. »Ich bin Sachverständiger für Getreide.«

»Sachverständiger für Getreide?« wiederholte sie und runzelte verwirrt die Stirn.

»Ein komischer Beruf, nicht wahr? Ich wundere mich manchmal selbst darüber. Aber kurz und gut – ich suche jemand für einen Vertrauensposten. Ein schönes Büro steht zur Verfügung, die Stellung wird sehr gut bezahlt, die Arbeitszeit ist kurz und die Arbeit leicht. Darf ich mir die Frage erlauben, ob Sie Lust hätten, den Posten anzunehmen?«

Sie schüttelte den Kopf und sah ihn argwöhnisch an.

»Sehr liebenswürdig von Ihnen, Mr. Beale. Aber ich habe nicht im mindesten die Absicht, Punsonby zu verlassen. Meine Arbeit hier gefällt mir, ich verdiene recht gut und sehe wirklich keinen Grund, warum ich das alles aufgeben sollte.«

»Pech für mich«, sagte er und zwinkerte ihr zu. »Zwei Dinge möchte ich Ihnen aber doch noch sagen: Erstens darf ich Ihnen versichern, daß Sie durch gewisse Gewohnheiten von mir, die Sie vielleicht schon bemerkt haben, in keiner Weise belästigt würden. Zweitens bitte ich Sie, auf mein Angebot zurückzukommen, falls Sie sich doch einmal verändern wollen.«

Sie lachte.

»Eigentlich müßte ich das alles sehr komisch finden, Mr. Beale, aber ich bin seltsamerweise davon überzeugt, daß Sie ganz im Ernst reden. Ich verspreche Ihnen also – wenn ich von Punsonby genug habe, gebe ich Ihnen die erste Chance, mich zu engagieren. Jetzt muß ich aber wirklich gehen, es ist höchste Zeit! Und nochmals vielen Dank für das, was Sie gestern abend für mich getan haben.«

Er blickte ihr gerade in die Augen.

»Ich kann mich gar nicht daran erinnern, daß gestern abend etwas vorgefallen ist, und es würde mich sehr freuen, wenn Ihr Gedächtnis die gleiche Lücke aufwiese.«

Er zog den Hut, schüttelte ihr herzlich die Hand und ging dann ohne sich umzudrehen die Straße entlang. Sie sah ihm nach, bis der Schlag der Uhr sie daran erinnerte, daß der Direktor der Firma Punsonby sehr auf Pünktlichkeit hielt.

Sie lief in den Garderoberaum und brachte Hut und Mantel in einem Schrank unter. Als sie im Spiegel ihr Haar ordnete, sah sie hinter sich ein schwarzhaariges großes Mädchen stehen, das sie schon eine Zeitlang nachdenklich beobachtet hatte.

»Guten Morgen!« sagte Margaret, und in ihrem Ton lag mehr Höflichkeit als Freundschaft. Obwohl die beiden Mädchen seit mehr als einem Jahr im gleichen Raum arbeiteten, waren sie sich noch nicht sehr viel nähergekommen.

Dies lag vor allem an Hilde Gordon, die sich immer etwas abseits hielt. Sie war sehr hübsch, aber auch sehr verschlossen und fast mürrisch. Anders als Margaret, schloß Hilde überhaupt keine Freundschaften und hielt sich sogar geflissentlich von allen gemeinschaftlichen Unternehmungen der Belegschaft fern. Niemand besuchte sie, und niemand lud sie ein.

»Guten Morgen«, entgegnete die andere kurz. »Warst du schon oben?«

»Nein – warum?«

»Oh, nichts.«

Margaret stieg die Treppe zu ihrem kleinen Büro hinauf. Hilde und sie hatten dort mit der Verbuchung der Einschreibebriefe zu tun, die eingingen. Das Geld, das in Form von Schecks oder bar Bestellbriefen beilag, mußten sie herausnehmen und die Bestellungen an die verschiedenen Abteilungen weiterleiten.

Drei versiegelte Postsäcke lagen auf ihrem Schreibtisch, und ein junger Mann aus der Postabteilung wartete schon darauf, von ihr eine Quittung darüber zu erhalten. Sie schrieb sie ihm schnell aus, nachdem sie die an den Plomben vermerkten Zahlen mit denen im Quittungsbuch des Boten verglichen hatte. Aus irgendeinem Grund war Hilde ihr nicht nachgekommen. Sie war allein und hatte gerade den Inhalt des ersten Sackes auf ihren Schreibtisch geschüttelt, als der Direktor der Firma Punsonby ins Zimmer kam. Er war ein großer, massiger Mann, der sich seiner Würde ganz genau bewußt war.

»Miss Cresswell, Sie sind ja schon bei der Arbeit! Tut mir leid, daß ich Sie nicht gesehen habe, bevor Sie abgelegt hatten. Bitte kommen Sie doch einen Augenblick in mein Zimmer.«

»Gern, Mr. White«, sagte das Mädchen und überlegte sich erstaunt, was wohl los sein könnte.

Er schritt voraus bis in sein luxuriös ausgestattetes Büro.

»Nehmen Sie Platz, Miss Cresswell«, sagte er und setzte sich an seinen Schreibtisch. Dann legte er die Spitzen seiner Finger aneinander und blickte hilfesuchend zur Zimmerdecke.

»Ich habe leider eine sehr unangenehme Aufgabe vor mir, Miss Cresswell«, begann er mit heiserer Stimme.

»Eine unangenehme Aufgabe, Mr. White?« entgegnete sie mit einem unbehaglichen Gefühl in der Magengrube.

»Ich muß Ihnen – zu meinem größten persönlichen Bedauern natürlich – sagen, daß die Firma Punsonby auf Ihre Dienste verzichtet.«

Sie stand auf und sah ihn völlig fassungslos an.

»Auf meine Dienste verzichtet?« sagte sie stockend. »Soll das heißen, daß ich entlassen bin?«

Er nickte.

»Wir haben uns außerdem entschlossen, daß Sie gleich aufhören können zu arbeiten. Selbstverständlich erhalten Sie Ihr Gehalt für diesen Monat und außerdem noch ein zusätzliches volles Monatsgehalt ausgezahlt.«

»Aber warum werde ich denn entlassen, um Himmels willen? Warum denn nur?«

Mr. White, der es bisher geflissentlich vermieden hatte, ihr in die Augen zu sehen, gab sich einen Ruck und blickte ihr voll ins Gesicht.

»Es ist bei Punsonby nicht üblich, einen Grund anzugeben, wenn auf die Dienste eines Angestellten verzichtet wird«, sagte er mit aller Energie, die er besaß. »Es muß Ihnen genügen, wenn ich sage, daß wir bisher mit Ihren Leistungen vollständig zufrieden waren, aber aus Gründen, die ich Ihnen nicht näher erläutern kann, gezwungen sind, eine Umdisposition in bezug auf Ihre Stellung vorzunehmen.«

Sie mußte sich am Schreibtisch festhalten. Seit fünf Jahren hatte sie unter den angenehmsten Bedingungen in diesem Hause gearbeitet; jeder war freundlich zu ihr gewesen, und jeder war mit ihrer Arbeit zufrieden. Dieser Schlag aus heiterem Himmel war ihr einfach unfaßbar.

»Verstehe ich Sie wirklich richtig?« fragte sie. »Ich soll sofort gehen?«

Mr. White nickte gewichtig. Er schob ihr einen Scheck zu, den sie mechanisch in die Hand nahm und zusammenfaltete.

»Und Sie wollen mir nicht den eigentlichen Grund meiner Kündigung angeben?«

»Es gibt keinen eigentlichen Grund . . . das heißt, das heißt, natürlich gibt es einen Grund. Punsonby tut nie etwas grundlos! Ich kann Ihnen aber wirklich nicht sagen . . . Es ist unangenehm – sehr unangenehm . . .«

Er war jetzt rettungslos ins Stottern gekommen. Seine ganze Würde war dahin, und er schaute sie so verlegen an, daß sie sich kurz umdrehte und das Zimmer verließ. Wie im Traum ging sie zu ihrem Schrank, zog ihren Mantel an, setzte ihren Hut auf und verließ Punsonby für immer, ohne sich von jemand zu verabschieden.

Auf der Straße blieb sie mit einem Ruck stehen – Mr. Beales Worte waren ihr eingefallen. Hatte er etwas gewußt? Warum dieses seltsame Angebot zu einer so ungewöhnlichen Zeit? Sie ging ein paar Schritte bis zur nächsten Straßenecke, und da – wie um diesem verdrehten Morgen die Krone aufzusetzen – sah sie Mr. Beale schon wieder vor sich stehen. Er stützte sich auf seinen Spazierstock, rauchte eine Zigarette aus einer ziemlich langen Elfenbeinspitze und schien völlig in Betrachtung eines Arbeiters versunken, der eine Lichtleitung reparierte.

Sie machte einen Schritt rückwärts, aber schon war er an ihrer Seite.

»Warum gehen Sie denn schon wieder nach Hause, Miss Cresswell?« erkundigte er sich in freundlichem Ton.

»Wissen Sie wirklich nicht, weshalb?« fragte sie.

»Ich kann es mir eigentlich nicht denken, es sei denn . . .«

»Es sei denn?«

»Es sei denn, daß man Sie entlassen hat«, sagte er kühl.

Sie sah ihn schräg von der Seite her an.

»Wie kommen Sie darauf?«

»So was kommt vor«, meinte Mr. Beale.

»Wußten Sie denn, daß ich entlassen werden sollte?« fragte sie.

Er nickte mit dem ruhigsten Gesicht von der Welt.

»Ich hatte eine leise Ahnung, daß es in nächster Zeit so weit kommen würde. Deswegen habe ich Ihnen auch mein Angebot gemacht.«

»Das ich selbstverständlich nicht annehme«, fuhr sie ihn an.

»Das Sie selbstverständlich annehmen werden«, erwiderte er höflich. »Im übrigen weiß ich auch nicht mehr, als daß Punsonby veranlaßt worden ist, Sie zu entlassen.«

»Aber weshalb denn nur?«

Er wurde plötzlich sehr ernst.

»Mehr kann ich Ihnen wirklich nicht sagen. Auf jeden Fall hatte ich meine guten Gründe, Ihnen ein Angebot zu machen.«

Sie schüttelte verständnislos den Kopf.

»Ich verstehe überhaupt nichts mehr – jetzt ist mir dann wirklich alles egal«, sagte sie. »Wollen Sie ernstlich, daß ich für Sie arbeite?«

Er nickte.

»Meine Geschäftsadresse ist 342, Lothbury. Sie können heute nachmittag anfangen und . . .«, er zögerte.

»Und?« fragte sie.

»Ich würde es für klug halten, wenn Sie dem Doktor nicht mitteilten, daß ich Sie angestellt habe.«

Er betrachtete angelegentlich seine Fingernägel, während er dies sagte.

»Es gibt mancherlei Gründe dafür«, fuhr er nach einer kurzen Pause fort. »Einer davon ist der, daß ich im Kroomanhaus eine schlechte Betragensnote habe – und das könnte Ihnen vielleicht schaden.«

»Diese ganze Geschichte ist mir eigentlich viel zu geheimnisvoll«, seufzte sie. »Aber nun habe ich einmal ja gesagt. Ich hoffe, daß Sie mir keinen Grund geben, das zu bereuen. Im übrigen wäre es mir lieber, wenn ich erst morgen früh anfange. Um wieviel Uhr?«

»Um zehn Uhr«, sagte er. »Ich werde dort sein, um Ihnen Ihre Arbeit zu erklären. Sie bekommen fünf Pfund in der Woche und werden als Abteilungsleiterin eingestellt. Ich selbst komme nur selten ins Büro. Ihre Arbeit wird hauptsächlich darin bestehen, die Statistik über die Weizenernte der ganzen Welt im Lauf der letzten fünf Jahre zusammenzustellen.«

»Das klingt ja ganz interessant«, sagte sie lächelnd.

»Es ist noch viel interessanter, als Sie es sich vorstellen«, gab er zurück und verabschiedete sich.

Sie erreichte das Kroomanhaus im selben Moment, als der Arzt weggehen wollte, und er schaute sie erstaunt an.

»Sie sind aber früh zurück.«

Sollte sie ihm alles sagen? Eigentlich bestand kein Grund, darüber zu schweigen. Er war ihr immer ein guter Freund gewesen, und sie konnte seiner Teilnahme sicher sein. Und in diesem Augenblick fiel ihr ein, daß Mr. Beale sie mit keinem Wort bedauert hatte.

»Ja! Ich bin nämlich entlassen.«

»Entlassen! Das kann doch nicht möglich sein!«

Sie nickte.

»Es ist aber so«, sagte sie gutgelaunt.

»Aber, das ist doch unglaublich! Aus welchem Grund hat man Sie denn entlassen?«

»Ganz ohne Grund.« Sie versuchte ganz heiter zu sprechen und ihn nichts von ihrem Ärger merken zu lassen.

»Nicht einmal einen Grund gab man Ihnen an?«

»Nein. Die Firma hat mir ein Monatsgehalt ausgezahlt und mich einfach fortgeschickt.«

»Das ist unerhört«, sagte er erregt. »Ich werde hingehen und den Leuten Bescheid sagen. Einer der Direktoren ist ein Patient von mir.«

»Sie werden nichts dergleichen tun«, entgegnete sie entschlossen. »Es ist doch ganz gleichgültig.«

»Was werden Sie jetzt bloß machen?« Er überlegte eine Weile und rief dann plötzlich begeistert: »Ich habe eine großartige Idee – kommen Sie als Sekretärin in meine Klinik!«

Sie lachte belustigt.

»Was finden Sie dabei so komisch?« fragte er.

»Bitte halten Sie mich nicht für undankbar, Doktor, aber wenn das so weitergeht, komme ich mir bald wie die begehrteste Angestellte von ganz London vor.«

»Haben Sie etwa bereits eine andere Stellung?« fragte er schnell.

»Ich habe soeben eine angenommen«, erwiderte sie.

Er konnte seine Enttäuschung nicht verbergen.

»Das geht bei Ihnen aber schnell«, sagte er. »Was für eine Arbeit ist es denn?«

»Ich gehe in ein Büro in der City.«

»Das wird sicher langweilig sein – aber ich möchte Sie natürlich nicht von Ihrem Entschluß abbringen. Bei mir hätten Sie fünf, sechs Pfund in der Woche verdient, und die Arbeit wäre sehr leicht gewesen.«

Sie reichte ihm mit einem Lächeln die Hand.

»Ich habe mich bereits entschieden, aber trotzdem danke ich Ihnen sehr, Doktor!«

Sie stieg in bester Laune die Treppe hinauf. Die Sache mit Punsonby erschien ihr, trotz der demütigenden Umstände ihrer Entlassung, auf einmal unwichtig. Eines Tages würde sie schon den Grund erfahren.

Sie machte ihre Tür auf und ging hinein, nicht ohne vorher einen amüsierten Blick auf die beiden andern Türen – die ihres neuen Chefs und die des Doktors – zu werfen.

Es fiel ihr ein, daß es vielleicht doch gut wäre, sich wegen der plötzlichen Entlassung zu beschweren, und sie ging zu dem kleinen, in das Bücherregal eingebauten Schreibtisch. Sie steckte den

Schlüssel in das Schloß, konnte ihn aber nicht umdrehen, weil der Schreibtisch bereits geöffnet war. Sie entsann sich aber ganz genau, am Morgen abgeschlossen zu haben, nachdem sie eine mit der Morgenpost gekommene Rechnung dort aufbewahrt hatte.

Erstaunt zog sie die Schublade heraus und starrte erschrocken auf ihren Inhalt. Jedes Fach war offenbar durchsucht worden, und alles lag in einem wirren Haufen durcheinander. Die beiden kleinen Schubladen, in denen sonst Briefmarken und Bleistifte lagen, waren herausgezogen und leer.

4

Mit fliegenden Händen durchblätterte sie die Papiere, die da lagen. In der Hauptsache waren es Briefe von Freundinnen, alte Theaterprogramme und Kochrezepte – eben der ganze Kram, der sich mit der Zeit in einem Haushalt ansammelt.

Ein Gedanke kam ihr, und sie lief ins Schlafzimmer. Tatsächlich – auch die Schublade ihrer Kommode stand offen. Es war klar, daß auch hier alles durchsucht worden war.

Ein Blick zum halboffenen Fenster sagte ihr, daß der Eindringling höchstwahrscheinlich auf diesem Weg hereingekommen war. Sie wußte, daß direkt neben dem Fenster die Feuerleiter vorbeiführte.

Sie ging zu ihrem Schreibtisch zurück und ordnete mechanisch die verstreuten Papiere. Dann setzte sie sich auf einen Stuhl, stützte das Kinn in die Hand und rief sich die Ereignisse des Vormittags ins Gedächtnis zurück.

Wer hatte ihren Schreibtisch durchsucht, und was hatte man dort zu finden gehofft? Sie glaubte keinen Augenblick daran, daß ein gewöhnlicher Diebstahlsversuch dahintersteckte.

Vielleicht bestand sogar irgendein Zusammenhang zwischen diesem Einbruch und ihrer plötzlichen Entlassung? Seit gestern abend war sie von so viel Rätseln umgeben, daß sie nicht mehr wußte, wo ihr der Kopf stand.

Mit einem resignierten Achselzucken gab sie das Nachdenken

schließlich auf und überlegte sich nur noch, wie sie den Tag verbringen sollte. Vielleicht konnte sie sich einen Theaterbesuch leisten und auch noch auswärts zu Abend essen. Beim Gedanken, daß sie dann nachts allein in ihre Wohnung zurück mußte, fuhr sie zusammen. Wirklich, sie wurde allmählich nervös!

Schnell ging sie ins Schlafzimmer, holte ihr dunkles Kostüm aus dem Schrank und legte es aufs Bett.

In diesem Moment klopfte es an die Tür. Sie zögerte, lief dann in den Flur und öffnete. Erschrocken trat sie einen Schritt zurück – draußen standen drei Männer, von denen zwei das unverkennbare amtliche Aussehen von Kriminalbeamten hatten, der dritte war Mr. White, würdevoller und ernster denn je.

»Miß Cresswell?« fragte sie einer der Beamten.

»Ja.«

»Können wir Sie einen Augenblick sprechen?«

Sie führte die Herren in ihr kleines Wohnzimmer und stellte sich ihnen gegenüber an die Wand.

»Ihr Name ist Margaret Cresswell? Bis vor kurzem waren Sie bei der Firma Punsonby angestellt?«

»Stimmt«, sagte sie und wurde immer neugieriger, was das eigentlich bedeuten sollte.

»Wir haben bestimmte Informationen über Sie erhalten, die Ihre Entlassung heute früh zur Folge hatten«, fuhr der Beamte fort.

Sie sah ihn entrüstet an.

»Informationen? Was soll das heißen?«

»Das soll heißen, daß Sie beschuldigt werden, Gelder Ihrer Firma veruntreut zu haben. Das ist doch wohl Ihre Beschuldigung, Sir?« Er wandte sich zu Mr. White, und dieser würdevolle Gemütsmensch nickte bedächtig.

»Das ist eine Lüge, eine ganz gemeine Lüge!« rief das Mädchen und sah den Geschäftsführer von Punsonby wütend an. »Sie wissen, daß es eine Lüge ist, Mr. White. Tausende von Pfund sind durch meine Hände gegangen, und niemals wurde die geringste Unstimmigkeit beanstandet – wie kann man nur so gemein sein ...«

»Beruhigen Sie sich doch ein wenig, Miss«, sagte der Beamte, der derartige Szenen wohl schon öfters erlebt hatte. »Im übrigen liegt bis jetzt noch keinerlei festes Beweismaterial gegen Sie vor.«

»Das Beweismaterial wird sich finden«, murmelte Mr. White vor sich hin.

»Nun ja, wir haben eine Information erhalten, daß drei Einschreibebriefe, die zusammen die Summe von dreiundsechzig Pfund enthielten ...«

»... und vierzehn Shilling, sieben Pence«, warf Mr. White ein.

»Schön, etwas über dreiundsechzig Pfund«, sagte der Kriminalbeamte. »Diese Summe soll in Ihrer Wohnung versteckt sein.«

»In der untersten linken Schublade Ihrer Kommode«, murmelte Mr. White. »Das haben wir aus vertrauenswürdigster Quelle erfahren! Tut mir leid, sehr leid, aber so ist es.«

Das Mädchen sah von einem zum andern.

»Ich habe eine polizeiliche Vollmacht ...«, begann der Beamte.

»Das ist nicht nötig«, sagte das Mädchen ruhig, »es steht Ihnen frei, diese Wohnung zu durchsuchen. Ich habe nichts zu verbergen.«

Der Beamte wandte sich an seinen Begleiter.

»Bitte durchsuchen Sie diesen Schreibtisch dort. Ist er verschlossen?«

Sie hatte den Schreibtisch abgeschlossen und gab dem Mann den Schlüssel.

Der andere Beamte ging ins Schlafzimmer, und das Mädchen hörte, wie er dort die Schubladen herauszog. Sie rührte sich nicht von der Stelle und betrachtete ihren früheren Chef, der eine gewollt schläfrige Teilnahmslosigkeit zur Schau trug.

»Mr. White«, fragte sie ruhig, »ich habe ein Recht, zu erfahren, wer mich des Diebstahls beschuldigt hat.«

Er gab keine Antwort.

»Selbst einem Verbrecher wird dieses Recht zugestanden«, fuhr sie fort und bemühte sich, ruhig zu erscheinen. »Wie ich annehme, fehlt Ihnen ein größerer Geldbetrag?«

»Ja. Es verschwindet in Ihrer Abteilung schon seit einiger Zeit Geld. Ich werde aber den Namen desjenigen, der mich informiert hat, auf alle Fälle für mich behalten.«

In diesem Augenblick hörten sie, daß jemand rasch den Flur entlangkam, und als sie sich umdrehte, stand Dr. Harding vor ihr.

»Was höre ich da?« fragte er heftig und wandte sich an Mr. White. »Sie beschuldigen Miss Cresswell des Diebstahls?«

»Mein lieber Doktor ...«, begann White.

»Es ist einfach empörend, Mr. White. Ich stehe für Miss Cresswell jederzeit gerade.«

Das Mädchen unterbrach ihn mit einem Lachen.

»Nur keine Aufregung bitte. Es wird sich alles aufklären. Ich wußte gar nicht, daß Sie Mr. White kennen.«

»Bitte verfügen Sie über mich, wenn Ihnen aus dieser Geschichte Unannehmlichkeiten erwachsen«, sagte der Doktor.

»Es wird für mich keine Unannehmlichkeiten geben«, erwiderte sie. »Woher wußten Sie übrigens, daß ich verdächtigt werde, Geld gestohlen zu haben?«

Einen Augenblick schien der Arzt bestürzt, dann sagte er schnell: »Ich erkannte die Kriminalbeamten, und da sie in Begleitung von Mr. White Ihre Wohnung betraten, zog ich selbst meine Schlüsse.«

In diesem Moment kam der Beamte aus dem Schlafzimmer zurück. »Nichts zu finden«, sagte er.

Mr. White schaute ihn verblüfft an.

»In der untersten Schublade der Kommode?« fragte er ungläubig.

»Weder in der untersten noch sonstwo«, sagte der Beamte. »Haben Sie etwas entdeckt, Fred?«

»Nichts«, erwiderte der andere.

»Schauen wir hinter den Bildern nach.«

Sie drehten die Teppiche um, durchsuchten den kleinen Bücherschrank, blickten unter die Tische, eine überflüssige und umständliche Prozedur, wie das Mädchen meinte, bis ihr einer der Beamten erklärte, es sei ein üblicher Gaunertrick, Geldscheine an der Unterseite von Tischen mit Reißnägeln zu befestigen.

»Nun, Miss«, sagte der Beamte schließlich mit einem Lächeln, »ich hoffe, wir haben Sie nicht allzusehr gestört. – Was wollen Sie nun tun, Sir?« wandte er sich dann an White.

»Haben Sie die unterste Schublade der Kommode auch gewiß durchsucht?« fragte White wieder.

»Ich habe alle Schubladen durchsucht«, entgegnete der Beamte geduldig. »Ich habe auch hinter die Kommode geschaut und die Schachteln auf der Kommode durchgesehen.«

»Und es war nichts zu finden?« fragte Mr. White, als traute er seinen Ohren nicht.

»Nichts. Sie wissen hoffentlich, daß Sie die Verantwortung dafür tragen, wenn die junge Dame zu Unrecht beschuldigt wurde?«

»Ich weiß, ich weiß«, sagte Mr. White schroff. Er wandte sich dem Mädchen in seiner würdevollen Art zu. »Ich bedauere, daß man Sie gestört hat. Nehmen Sie es mir bitte nicht übel.« Er wollte ihr seine große, schlaffe Hand reichen, aber Margaret übersah sie.

Mr. White verließ keuchend das Zimmer.

»Entschuldigen Sie mich einen Augenblick«, sagte der Doktor leise. »Ich muß noch ein paar Worte mit Mr. White sprechen!«

»Lassen Sie doch«, entgegnete Margaret. »Mir wäre es am liebsten, wenn sich niemand mehr um die Sache kümmerte.«

Er schüttelte energisch den Kopf und ging dem Direktor nach.

»Kann ich Sie einen Augenblick in meiner Wohnung sprechen, Mr. White?«

»Aber natürlich«, erwiderte der Gefragte freundlich.

»Uns brauchen Sie wohl nicht mehr?« erkundigte sich einer der Kriminalbeamten kurz.

»Nein«, sagte Mr. White. »Sind Sie sich aber auch wirklich ganz sicher, daß Sie alles richtig durchsucht haben?«

»Glauben Sie vielleicht, daß wir Anfänger sind?« entgegnete der Beamte ungeduldig.

Mr. White wurde der Mühe einer angemessenen Antwort enthoben, denn in diesem Moment öffnete sich Mr. Beales Tür, und er selbst kam heraus. Seinen grauen Hut balancierte er wieder einmal auf dem Hinterkopf, und auch sonst machte er ganz den Eindruck eines Mannes, der sich intensiv mit einer Flasche Whisky beschäftigt hatte.

»Nanu«, sagte er fröhlich. »Da ist doch unser lieber alter Doktor, und dieser würdevolle Herr, der ein Gesicht wie ein pensionierter Leichenbestatter macht, scheint mir auch nicht ganz unbekannt zu sein.«

Mr. White zuckte nervös zusammen.

»Donnerwetter«, fuhr Mr. Beale vergnügt fort, »die hohe Polizei ist ja auch dabei. Kriminalkommissar Petersen und Wachtmeister Fairbanks, wie? Willkommen in diesem Haus der Tugend!«

Der Kriminalkommissar lachte, sagte aber nichts. Der Doktor rieb sich unentschlossen das Kinn, während Mr. White den Versuch unternahm, möglichst schnell den Schauplatz zu verlassen. Doch als er an Mr. Beale vorbeigehen wollte, torkelte dieser einige Schritte vorwärts und klopfte ihm begeistert auf die Schulter.

»Mein liebes, gutes Dickerchen!«

»Ich kenne Sie nicht, mein Herr!« rief White entrüstet. »Lassen Sie mich gefälligst los.«

»Mich nicht kennen? Das ist ja kaum zu glauben! Hören Sie gut zu, Herr Kriminalkommissar, und auch Sie, Wachtmeister – er verleugnet mich!«

Mr. Beale schüttelte schmerzlich berührt den Kopf, faßte die schlaffe Hand Mr. Whites, schüttelte sie heftig und stolperte dann in seine Wohnung zurück. Krachend schlug er die Tür hinter sich zu.

»Kennen Sie diesen Mann?« fragte der Doktor die Kriminalbeamten.

»Sein Gesicht kommt mir bekannt vor«, entgegnete der eine nachdenklich. »Na, kommen Sie, Fred; wir haben hier nichts mehr zu suchen. Guten Tag, meine Herren.«

Sie warteten, bis die Kriminalbeamten außer Sicht waren, dann wandte sich der Arzt an Mr. White und sagte in einem völlig veränderten Ton: »Kommen Sie in meine Wohnung.«

Mr. White folgte ihm gehorsam.

Der Doktor verschloß sorgfältig die Tür hinter sich, während Mr. White erschöpft in einen Sessel sank. In der Mitte des Zimmers stand ein langer Tisch, vollgestellt mit Reagenzgläsern und chemischen Apparaturen.

»Wie war das möglich?« knurrte White.

»Das möchte ich auch gerne wissen«, entgegnete der Doktor. Wütend ging er im Zimmer auf und ab, blieb dann vor dem Fenster stehen und starrte auf die Straße.

»Ich möchte wirklich wissen, wo die Briefe sind«, begann er nach einiger Zeit wieder. »Aber das wird sich schließlich noch herausstellen. Sagen Sie mir jetzt vor allem ganz genau, wie Ihre Angelegenheit bei Punsonby steht.«

»Ich habe alle Unterlagen hier«, sagte Mr. White und steckte die Hand in seine Rocktasche. »Vierzigtausend Pfund kann ich sofort bereitstellen . . . Nanu, was ist denn das?«

Er zog aus seiner Tasche ein weißes, von einem Gummiband zusammengehaltenes Päckchen. Aufgeregt streifte er das Bändchen ab und schnappte dann entgeistert nach Luft. Er hatte drei an die Firma Punsonby gerichtete Einschreibebriefe in der Hand, und alle drei waren geöffnet.

5

Nummer 342, Lothbury, ist ein Häuserblock, der ausschließlich Geschäftsräume enthält. Äußerlich etwas unansehnlich, macht er von innen einen ziemlich geräumigen Eindruck.

Margaret Cresswell stand schon eine Zeitlang vor der großen Eingangstür und studierte die Namen der Geschäftsleute, die links und rechts auf Tafeln verzeichnet waren.

Nach längerem Suchen entdeckte sie die Aufschrift ›Beale-Agentur, 4. Stock‹. Sie zögerte einen Augenblick und ging dann zum Aufzug.

Das Büro von Mr. Beale lag am Ende eines langen Korridors und bestand aus zwei Räumen. Das vordere Zimmer war nur mit einem Tisch und zwei Stühlen möbliert und durch eine dünne Trennwand halbiert. An dem Tisch saß ein Junge, der sich verbissen bemühte, mit einem Finger auf einer Schreibmaschine zu schreiben.

Er sprang auf, als sie hereinkam.

»Mr. Beale erwartet Sie schon.«

Er führte sie zu einer Tür, auf der ›Privat‹ stand.

Beale öffnete selbst, als sie an die Tür klopfte.

»Kommen Sie nur herein, Miss Cresswell«, sagte er freundlich. »Eigentlich habe ich Sie erst in einer halben Stunde erwartet.«

»Ich wollte pünktlich anfangen«, lächelte sie.

Sie hatte unruhig geschlafen und sich mit Zweifeln gequält, ob es klug gewesen sei, sich von einem Mann anstellen zu lassen, der einen so schlechten Ruf hatte. Doch jetzt stellte sie alle Bedenken beiseite und wollte es auf jeden Fall einmal mit der neuen Arbeit versuchen.

»Das hier ist Ihr Schreibtisch«, sagte er und deutete auf ein in der Mitte des Zimmers stehendes großes Möbel. »Und dies ist meine kleine Bibliothek. Sie enthält in der Hauptsache Wirtschaftsberichte – können Sie Französisch?«

Sie nickte.

»Fein! Und wie steht's mit Spanisch – das ist wahrscheinlich ein bißchen viel verlangt?«

»Ich lese und spreche fließend Spanisch«, entgegnete sie. »Als Kind wohnte ich abwechselnd in Paris, in Lyon und Barcelona. Meine erste Anstellung fand ich in einem Telegrafenamt in Barcelona.«

»Das trifft sich ja ausgezeichnet«, sagte er sichtlich erleichtert. »Ihre Arbeit wird nun darin bestehen, daß Sie die genaue Lage aller Gegenden mit großen Getreideanbauflächen feststellen, die Anzahl von Hektar, die normalerweise bebaut werden, die Art, in der die Felder voneinander getrennt sind – durch Mauern, Wege und so weiter –, die Durchschnittsgrößen der einzelnen Felder und womöglich die Breite der hindurchführenden Wege oder Straßen. Sie finden dort oben auf dem Regal Führer und Karten der verschiedenen Gegenden, die Ihnen sehr nützlich sein werden.«

»Um Himmels willen!« rief sie entsetzt.

»Das klingt umständlich, aber ich glaube, Sie werden es sehr einfach finden. Das Landwirtschaftsministerium der Vereinigten Staaten zum Beispiel behandelt alle diese Fragen in seinen statistischen Berichten. In einigen Gegenden werden die Farmer sogar gezwungen, einen bestimmten Raum zwischen den einzelnen Feldern unbebaut zu lassen, damit bei einem Feuer die gefährdete Gegend isoliert werden kann. Kanada, Argentinien und Australien haben wieder andere Methoden.«

Sie hatte sich an den Schreibtisch gesetzt und machte eifrig Notizen.

»Sonst noch etwas?« fragte sie.

»Ja. Ich brauche die Namen der Städte in den getreideproduzierenden Gegenden und eine Liste der Hotels in diesen Städten. Sie werden in den Führern alle notwendigen Informationen finden. Vor allem möchte ich die Namen der Hotels wissen, die Autos zu vermieten haben, außerdem die Adresse der Hauptbank der Gegend, den Namen des Hoteldirektors und womöglich auch den des Sheriffs in jedem Bezirk.«

Sie blickte ungläubig zu ihm auf.

»Ist das wirklich Ihr Ernst?«

»Aber natürlich, Miss Cresswell. Was ich von Ihnen verlange, ist ernsthafte Arbeit, die für mich sehr nützlich sein wird. Nur möchte ich, daß Sie nicht darüber sprechen.«

Er sprach so eindringlich, daß sie ihm glauben mußte, so seltsam ihr die Aufgabe vorerst auch schien.

»Hier ist Ihre Handbibliothek«, fuhr er fort und zeigte ihr ein mit Nachschlagewerken vollgepfropftes Regal. »Fangen Sie gleich an. Sie werden sehen, daß die Arbeit viel interessanter ist, als Sie denken. – Haben Sie noch irgend etwas zu fragen? Der Schlüssel zum Büro liegt übrigens in der rechten Schublade des Schreibtischs. Gehen Sie zum Lunch, wann es Ihnen paßt, und bleiben Sie so lange, wie Sie wollen. Ihr Gehalt erhalten Sie Freitag vormittags.«

»Aber wo arbeiten Sie denn?«

Sie blickte sich suchend im Zimmer um.

»Ich arbeite überhaupt nicht«, entgegnete er lächelnd. »Sie machen die Arbeit, und ich ernte die Früchte. – Ach ja, etwas wollte ich Sie noch fragen: Sie haben gesagt, Sie wären auf einem Telegrafenamt tätig gewesen – kennen Sie vielleicht die Morsezeichen?«

Sie nickte stolz.

»Ich sehe schon, daß ich Sie sehr gut gebrauchen kann! Wenn Sie etwas von mir wollen« – er deutete auf das Telefon –, »dann rufen Sie bitte Gerrard 876 an.«

»Wo ist das?« fragte sie.

»Ich könnte Ihnen ja erzählen, es sei die Telefonnummer meiner Lieblingsbar – aber wahrscheinlich würden Sie mir das doch nicht glauben.«

Er lächelte sie so vergnügt an, daß sie unwillkürlich auch wieder lachen mußte.

»Sie sind ein seltsamer Mensch«, sagte sie. »Auf jeden Fall habe ich mir vorgenommen, Ihnen keine Ermahnungen wegen Ihres Lebenswandels zu machen.«

Sie hörte sein leises Lachen noch, als die Tür bereits hinter ihm ins Schloß gefallen war. Kopfschüttelnd machte sie sich dann an die Arbeit, die tatsächlich viel interessanter war, als sie gedacht hatte. Wofür Mr. Beale die ganzen Daten, die sie sammeln sollte, verwenden wollte, war ihr allerdings unerklärlich. Handelte er vielleicht mit Landwirtschaftsmaschinen? Was hatte es für einen Sinn für ihn, wenn er wußte, daß ein gewisser Mr. Jonas Scobbs Inhaber von ›Scobbs Hotel‹ und vom ›Emporium‹ in einem kleinen Städtchen in Alberta war! Und konnte er etwas mit der Tatsache anfangen, daß Mr. Scobbs ein Auto zu vermieten hatte und jeden Mittwoch Post nach der Kreisstadt brachte?

Sie hatte sich so in ihre Arbeit vertieft, daß sie ganz erstaunt war, als sie bei einem Blick auf ihre Armbanduhr feststellen mußte, daß es bereits drei Uhr war. Plötzlich hatte sie Hunger. Sie stand auf, streckte sich und ging in das Vorzimmer; der Junge war nicht da, und sie erinnerte sich jetzt, daß er vor einiger Zeit bei ihr gewesen war und ihr gesagt hatte, daß er zum Essen gehen würde.

Sie blieb unschlüssig stehen. Sollte sie auf die Rückkehr des Jungen warten oder das Büro ganz schließen? Eben hatte sie sich zu letzterem entschlossen, als sie schlürfende Schritte hörte.

Gleich darauf klopfte es, sie öffnete – und blieb sprachlos stehen. Draußen stand ein kleiner Mann mit einem ungewöhnlich blassen Gesicht – es war der Mann, der am Abend vor ihrer

Entlassung in ihrem Zimmer gewesen war, der Mann, der das grüne Pulver in der Tasche gehabt hatte.

Es war offenkundig, daß er sie nicht wiedererkannte, denn er grüßte höflich und fing dann in einem merkwürdigen Kauderwelsch zu reden an: »Mr. Beale mir sagen, ich müssen ihn rufen mit die Telefon, aber Nummer ist mir gegangen aus meine Kopf.«

»Kommen Sie herein, nehmen Sie Platz«, sagte sie atemlos und deutete auf einen Stuhl. »Ich rufe Mr. Beale.«

»Si, si«, sagte er gehorsam. »Sagen Sie ihm, der Professor ist da.«

Sie eilte in ihr Zimmer und wählte mit zitternder Hand die Nummer, die ihr Mr. Beale gesagt hatte. Gleich darauf hörte sie seine Stimme.

»Es ist ein Mann hier«, sagte sie hastig, »der Mann, der in meiner Wohnung war – er nennt sich Professor.«

Sie hörte einen ärgerlichen Ausruf.

»Tut mir leid! Ich bin in zehn Minuten bei Ihnen, regen Sie sich nur nicht auf – er ist wirklich ein ganz harmloser alter Herr.«

»Bitte beeilen Sie sich!«

Sie legte den Hörer auf und blieb dann zögernd stehen. Was hatten Mr. Beale und dieser Mann miteinander zu tun? Es fiel ihr jetzt ein, daß die beiden in jener Nacht auch zusammen fortgegangen waren ...

Nach zehn Minuten hörte sie endlich das Schnappen der äußeren Tür und dann die Stimme Beales. Er sprach schnell und leise in einer Sprache, die sie nicht verstand.

Kurz darauf verließ der Besucher anscheinend das Haus, und Mr. Beale kam zu ihr herein; sein Gesicht war besorgt.

»Es tut mir sehr leid, daß der alte Herr erschienen ist – ich hatte ganz vergessen, daß er mit mir verabredet war.«

Sie lehnte am Schreibtisch und hatte die Hände auf dem Rücken verschränkt.

»Mr. Beale«, sagte sie, »würden Sie mir bitte ein paar Fragen beantworten?«

Er nickte.

»Ist der Professor mit Ihnen befreundet?«

»Nein – ich kenne ihn schon länger, und er tut mir leid. Er ist arm, aber ein sehr begabter Chemiker. Sein Können würde ihn zu einer hervorragenden Stellung befähigen, er ist aber leider kein Mensch, der sich ohne weiteres durchsetzen könnte.«

»Und nun habe ich noch eine Frage, die Sie aber nicht beantworten müssen, wenn Sie nicht wollen.«

»Das werde ich auch nicht«, sagte er.

»Sie sind wenigstens ehrlich. Bitte, Mr. Beale, sagen Sie mir, um was sich diese ganze geheimnisvolle Geschichte dreht? Was ist der grüne Brand? Warum stellen Sie sich immer betrunken, wenn Sie es gar nicht sind?« Bei dieser Frage errötete sie ein wenig. »Weshalb sind Sie immer da, wenn man Sie braucht, mit Ausnahme von gestern, als ich beinahe wegen eines angeblichen Diebstahls verhaftet wurde?«

»Frage Nummer eins kann nicht beantwortet werden. Was die zweite anbetrifft, so sage ich, daß es außer dem Alkohol noch eine Menge Dinge gibt, die einen Mann berauschen können.«

Sie schaute ihn erstaunt an.

»Nun wollen Sie noch wissen, weshalb ich nicht da war, als die Polizei bei Ihnen herumstöberte? Natürlich war ich da, bloß etwas früher; ich bin gerade noch über die Feuerleiter entwischt.«

»Mr. Beale«, rief sie überrascht, »dann waren Sie es ...«

»Ja, ich habe Ihren Schreibtisch und Ihre Kommode durchwühlt«, sagte er leichthin. »Ich suchte nämlich etwas.«

»Sie suchten etwas!« wiederholte sie. »Was suchten Sie denn?«

»Drei eingeschriebene Briefe, die gestern früh in Ihrer Wohnung versteckt worden waren«, sagte er. »Und ich habe sie auch gefunden.«

Sie schüttelte verwirrt den Kopf. »Dann haben Sie mich ...«

»Vor einer kalten Gefängniszelle bewahrt«, fuhr er fort. »Haben Sie übrigens schon zu Mittag gegessen? Sie müssen ja am Verhungern sein!«

Sie wollte etwas einwenden.

»Was Sie jetzt brauchen«, sagte der praktische Mr. Beale, »ist ein ordentliches Mittagessen.«

Und er drängte sie schnell aus dem Büro hinaus.

6

Mr. White, der geschäftsführende Direktor der Firma Punsonby, war ein Mann von bescheidenen Lebensgewohnheiten. Er hatte eine Abneigung gegen jede Art von Verschwendung und war stolz darauf, niemals in einem Taxi gefahren zu sein, das nicht ein anderer bezahlt hatte. Er kam stets mit dem Omnibus von der Baywater Road in die Stadt. Sein Mittagessen nahm er in der Kantine des Geschäftshauses ein und zahlte mit peinlicher Genauigkeit die Rechnung. Das Abendessen verzehrte er ganz ohne Gesellschaft zu Hause. Er war unverheiratet, und früher hatte ihm eine ältere Schwester den Haushalt geführt, die aber aus Mangel an ausreichender Ernährung gestorben war. Dies erzählte man sich jedenfalls in der Nachbarschaft.

Mr. White war also Direktor und Geschäftsführer bei Punsonby. Man konnte annehmen, er besitze ein Drittel der Aktien dieses Konzerns, die er von seinem Onkel, John Punsonby, dem Gründer der Firma, geerbt hatte. Er bekam ein hohes Gehalt und eine erhebliche Dividende ausgezahlt und galt allgemein als reicher Mann.

In Wirklichkeit war Mr. White gar nicht so reich. Nicht daß er für seine persönlichen Bedürfnisse sehr viel verbraucht hätte, sein Geld floß zum größten Teil in die Hände eines Herrn namens Markowitsch, der sich mit Geldverleih und Kapitalanlagen beschäftigte. Denn dies war die große Schwäche Mr. Whites, er steckte sein Geld unentwegt in die unmöglichsten Unternehmungen. Ob er sich an einem Syndikat zur Hebung der Goldbarren der versunkenen spanischen Armada beteiligen sollte oder an einer Gesellschaft, die am Nordpol nach Uran schürfte – er konnte nicht widerstehen. Die Möglichkeit, eines Tages sein Anlagekapital mit dreihundert Prozent Gewinn zurückzuerhalten, ließ ihm keine Ruhe. Einstweilen allerdings hatte er nur Verluste hinnehmen müssen. Der einzige, der an seinen Geschäften etwas verdiente, war Mr. Markowitsch.

Am Abend des Tages, an dem Margaret Cresswell die Arbeit für ihren neuen Chef angenommen hatte, verließ Mr. White sein düsteres Haus. Seine beiden Dienstmädchen begrüßten es mit

Freude, ihn los zu sein. Er stolzierte majestätisch durch die Straßen. Der altmodische Zwicker, den er mit Vorliebe bei sich trug, pendelte an der Schnur, die er zwischen den Fingern hielt, wie eine tote Maus. Er schmeichelte sich, daß man ihn seinem Aussehen nach für einen Akademiker halten konnte; und doch waren es keineswegs wissenschaftliche Erörterungen, denen er sich hingab.

In einem Augenblick größter Bedrängnis war Dr. Harding innerhalb seines Gesichtskreises aufgetaucht, und es lag unbedingt etwas in Dr. Hardings Art, das Vertrauen und Achtung einflößte. Sie hatten sich durch Zufall bei der Liquidierung irgendeines obskuren Unternehmens kennengelernt.

Harding selbst war natürlich nicht Aktionär gewesen, aber er interessierte sich außerordentlich für Menschen, die ihr Geld in Goldminen investieren, die nur im Traumland bestehen. Mr. White, mit dem er ins Gespräch gekommen war, hatte sich sehr gefreut, eine – wie er glaubte – verwandte Seele zu finden.

Er war jetzt auf dem Weg zu Dr. Harding und erreichte nach einem längeren Fußmarsch das Kroomanhaus. Den Doktor traf er schon im Treppenhaus. Das Licht in Miss Cresswells Wohnung brannte, denn sie hatte sich Arbeit mit nach Hause genommen, aber die Wohnung Mr. Beales war dunkel. Dies bemerkte Harding, bevor er mit dem Besucher in seine eigene Wohnung ging.

»Nun, White, haben Sie sich entschlossen?« fragte er ohne weitere Umstände.

»Hm, einerseits hab' ich, und andererseits habe ich nicht«, entgegnete Mr. White vorsichtig. »Vierzigtausend ist eine Menge Geld, ein Vermögen, kann man ruhig sagen!«

»Haben Sie sie flüssiggemacht?«

Mr. White drückte seine Abneigung gegen diese direkte Frage durch ein unwilliges Grunzen aus.

»Mein Bankier hat mir den Betrag liebenswürdigerweise zur Verfügung gestellt, obwohl ich – hm – etwas in seiner Schuld bin. Ich mußte dafür ... Nun ja, das Geld liegt auf der Bank.«

Er sah den anderen strahlend an, als ob er ihm bereits einen Beweis seines höchsten Vertrauens gegeben hätte. Dann fuhr er fort: »Seien Sie mir nicht böse, lieber Doktor, wenn ich etwas vorsichtig vorgehe – aber zuerst möchte ich doch etwas mehr von Ihrem großartigen Plan wissen. Ich bin natürlich überzeugt davon, daß er großartig ist!«

»Was meinen Plan anbelangt«, entgegnete der Doktor, »so muß ich Sie leider bitten, Ihr Geld ohne Sicherheiten zu investieren. Ich kann Ihnen dafür versprechen, daß Sie Ihr Kapital hundertfach zurückerhalten werden. Natürlich ist mir klar, daß mein Vorschlag nicht sehr solide aussieht und daß es viel von Ihnen verlangt ist, mir ohne weiteres zu glauben. Im übrigen liegt es bei Ihnen. Es kann sein, daß ich Ihr Geld brauchen werde – bis jetzt glaube ich es noch gar nicht, aber es ist immerhin möglich. Wenn es mir allerdings überhaupt etwas nützen soll, dann muß ich es sehr bald in Händen haben – spätestens bis morgen.«

Er ging, während er sprach, unruhig im Zimmer umher. Seine Stimme war dabei so energisch und suggestiv, daß ihm Mr. White wie gebannt zuhörte

»Soviel will ich Ihnen sagen«, fuhr er fort, »mein Plan ist illegal, wenn man es mit dem Gesetz sehr genau nimmt. Mißverstehen Sie mich bitte nicht. Es besteht keine Gefahr für Sie, wenn Sie Ihr Geld investieren, ohne zu wissen, worum es sich handelt. Ich werde die volle Verantwortung tragen. Sie können mitmachen oder draußenbleiben – aber wenn Sie mitmachen, dann muß ich Sie bitten, den Namen des Unternehmens keinem Menschen zu sagen.«

»Das Grüne-Brand-Syndikat, nicht wahr?« flüsterte Mr. White ängstlich. »Was ist denn eigentlich der grüne Brand?«

»Ich habe meinen Plan schon verschiedenen Staaten angeboten, sie hatten aber Angst, der Völkerbund würde Wind davon bekommen. Auf jeden Fall werden mir Riesensummen zur Verfügung stehen, wenn ich meine Ansichten verwirklichen kann.«

Mr. White erhob sich und räusperte sich bedeutungsvoll.

»Dr. Harding, Sie können sich auf mich verlassen. Erzählen Sie mir keine weiteren Einzelheiten über Ihren Plan – vor allem möchte ich gar nicht hören, ob er gesetzlich oder ungesetzlich ist. Sie erhalten meine vierzigtausend Pfund für ein Unternehmen – hm –, für ein Unternehmen, das sich den Bau von

Arbeiterwohnungen zur Aufgabe gemacht hat. Meinen Scheck erhalten Sie noch heute abend. – Gute Nacht, Doktor.«

Er stülpte seinen Hut auf den Kopf, öffnete die Tür und lief einem Mann in die Arme, der gerade auf die Klingel drücken wollte.

»Verzeihung«, murmelte Mr. White und eilte die Treppe hinunter.

Dr. Harding schaute seinen Besucher böse an.

»Weshalb hast du Schottland verlassen, du Idiot?« zischte er und zerrte den Mann in seine Wohnung.

»Ich habe genug von Schottland, und zwar endgültig!« sagte der späte Gast brummig.

»Wann bist du gekommen?«

»Heute abend um sieben. Natürlich konnte ich nur dritter Klasse fahren!«

Der Doktor sah ihm in das gemeine Gesicht und roch den nach billigem Fusel stinkenden Atem.

»Es war sehr dumm von dir, hierherzukommen«, sagte er dann. »Dein Schiff nach Kanada geht erst nächste Woche.«

»Ich fahre nicht«, entgegnete der Mann mürrisch. »Warum soll ich mich dauernd verstecken wie ein ...«

»... wie ein Mann, der aus dem Gefängnis ausgebrochen ist«, setzte der Doktor den Satz fort, »oder wie ein Mann, der von der Polizei wegen einiger kleiner Verbrechen – von der Brandstiftung bis zum Mord – gesucht wird.«

»Wäre ich nicht so betrunken gewesen, hättest du das nie herausbekommen. Ich war verrückt! Dabei hatte ich dich doch in der Hand!« Er hielt ihm seine schmutzige Faust unter die Nase. »Ich habe alles gesehen, alles! Habe gesehen, wie du den armen Teufel drangsaliert hast, um sein Geheimnis aus ihm herauszupressen; habe gesehen, wie du ihn erdolcht hast ...«

»Schweig!« zischte Harding. »Man könnte dich hören!«

»Es gibt hier aber kein Fenster, durch das man von außen hereinsehen kann«, entgegnete der Mann boshaft. »Und ich habe alles gesehen! Ich sah, wie du ihn getötet hast, um ihn zum Schweigen zu bringen, als er noch einmal aus seiner Ohnmacht erwachte.«

Hardings Gesicht war totenblaß, aber er zitterte nicht bei dieser furchtbaren Anklage.

»Dein Glück, daß du mich in jener Nacht gefunden hast«, fuhr der Mann fort. »Ich hatte die Absicht, dich zu verpfeifen.«

»Gut für dich, daß ich dich gefunden habe, Jackson«, sagte der Doktor.

»Ich wünschte, du hättest dich nicht um mich gekümmert«, knurrte der andere.

»Dabei habe ich dir wahrscheinlich dein dreckiges Leben gerettet, als ich dich in London versteckte, während die Polizei dich suchte!«

»Aus Menschenliebe hast du dich meiner wirklich nicht angenommen«, war die höhnische Antwort.

»Sei jetzt ruhig und hör zu: Für nächsten Donnerstag habe ich einen Schiffsplatz für dich nach Quebec belegt . . .«

Er gab ausführliche Instruktionen, und Jackson stimmte schließlich mürrisch zu.

Margaret Cresswell saß währenddessen an ihrem mit Büchern und Papieren bedeckten Schreibtisch und arbeitete eifrig. Sie wollte Mr. Beale unbedingt schon am nächsten Morgen eine Probe ihres Fleißes abliefern. Allmählich wurde sie aber doch müde, schließlich hatte sie in der vergangenen Nacht sehr wenig geschlafen.

Sie begann sich auszukleiden, und die vielen Namen, die sie heute gelesen hatte, gingen ihr dabei noch einmal durch den Kopf. Plötzlich fiel ihr ein, daß sie vergessen hatte, die Außentür ihrer Wohnung abzuschließen. Sie ging schnell in den Flur und drehte den Schlüssel um. Im Treppenhaus hörte sie Stimmen.

Es war Dr. Harding, der sich mit jemand unterhielt, den sie nicht kannte.

»Mach dir keine Sorgen – ich habe ein fabelhaftes Gedächtnis . . .«

Der Doktor murmelte etwas, das sie nicht verstehen konnte, und sagte dann lauter: »Ja, ja . . . Scobbs Hotel in Rotegaul . . . kenne ich sehr gut . . . Na, gute Nacht.«

Eine Tür schlug zu, und unsichere Schritte entfernten sich.

7

Margaret Cresswell war auf einmal nicht mehr müde. Sie zog rasch ihren Morgenrock an und ließ sich in einen Sessel fallen, um noch eine halbe Stunde zu lesen und sich die nötige Bettschwere zu verschaffen. Zu jeder anderen Zeit hätte das Buch ihre Aufmerksamkeit völlig in Anspruch genommen, aber jetzt ertappte sie sich dabei, daß ihre Gedanken öfters abschweiften. Auf der andern Seite der Wand, die sie jetzt mit neuem Interesse betrachtete, befand sich der Mann, der sich so plötzlich in ihr Leben gedrängt hatte. Vielleicht war er auch gar nicht zu Hause? Wie mochte er wohl seine Abende verbringen?

Sie hörte ein dumpfes Klopfen. Es kam von jener Wand.

Mr. Beale war also zu Hause und beschäftigte sich anscheinend damit, zu mitternächtlicher Stunde Nägel in die Wand zu schlagen.

Plötzlich horchte sie auf. Das klang ja wie Morsezeichen. Tatsächlich – jetzt verstand sie; er gab ihr Signale und hatte soeben ›M. C.‹ geklopft – ihre Initialen.

Sie sprang auf, klopfte dreimal mit ihrem Finger, schlug einmal mit der flachen Hand auf und klopfte wieder. Das hieß ›Verstanden!‹

Dann gab er wieder Zeichen, und sie schrieb schnell die Worte am Rande ihres Buches nieder.

»Sehr wichtig! Seife nicht gebrauchen. Mit ins Büro bringen.«

Sie lächelte ein wenig und fand diese Idee von Mr. Beale nicht gerade geistreich. Aber sie klopfte gehorsam »Verstanden!« und legte sich ins Bett.

Trotz der ihr zugestandenen Freiheit nahm sie sich fest vor, morgens pünktlich um zehn Uhr im Büro zu erscheinen. Das bedeutete, daß sie spätestens um acht Uhr früh aufstehen mußte, denn vorher hatte sie noch ihren kleinen Haushalt zu besorgen.

Am andern Morgen weckte sie das anhaltende Klingeln des Briefträgers. Noch ganz verschlafen nahm sie einen Brief und ein kleines Päckchen in Empfang und stellte fest, daß es bereits halb neun Uhr war. Der Brief war von einem bekannten Parfümeriegeschäft an sie gerichtet und lautete:

›Sehr verehrtes gnädiges Fräulein!
Wir freuen uns, Ihnen ein Muster unserer neuen Gesichtsseife überreichen zu dürfen und hoffen, daß sie Ihren Beifall finden wird.‹

»Das ist aber nett«, sagte sie vor sich hin und wunderte sich ein wenig, wie sie zu der Ehre kam. Sie öffnete das Päckchen. In einem kleinen Karton lag, sorgfältig in feinstes Seidenpapier eingeschlagen, ein ovales Stückchen lila Seife, das einen zarten Duft ausströmte.

»Wirklich sehr nett«, sagte sie wieder und legte das Geschenk ins Badezimmer.

Als sie später im Bad saß, griff sie nach der Seife, ließ sie aber plötzlich wieder fallen.

Auf einmal hatte sie sich an die Worte von Mr. Beale erinnert. Er wußte also, daß dieses Päckchen kommen würde, und seine Worte waren kein Scherz gewesen. Schnell zog sie sich an, frühstückte hastig und war zehn Minuten vor der Zeit im Büro.

Mr. Beale wartete schon auf sie. Er saß wie gewöhnlich am Rande des Tisches und nickte ihr einen kurzen Gruß zu. Ohne ein weiteres Wort streckte er die Hand aus.

»Die Seife?«

Sie nickte und öffnete ihre Tasche.

»Gut«, sagte er, »ausgezeichnet, daß Sie auch die Packung aufgehoben haben; und das hier ist wohl der Brief, der mit dem – hm – Geschenk kam?«

Er zog seine Handschuhe an und wickelte das Stück Seife vorsichtig aus dem Seidenpapier.

»Jetzt zeigen Sie mir den Brief.«

Sie reichte ihn ihm, und er untersuchte ihn sorgfältig.

»Na, das Parfümeriegeschäft Brendon hat bestimmt nichts mit der Sache zu tun – aber wir können uns ja vergewissern.«

Er ging zum Telefon, und das Mädchen hörte ihn mit jemand sprechen. Dann kam er kopfschüttelnd wieder zurück.

»Die Firma hat natürlich keine Ahnung davon«, sagte er.

Sie saß ihm gegenüber, das Kinn auf die Hände gestützt, und schaute ihn erwartungsvoll an.

»Ich finde, es ist wirklich nicht sehr fair, daß Sie dauernd so geheimnisvoll tun. Wollen Sie mir nicht endlich sagen, was hier gespielt wird?«

»Bald, bald«, entgegnete Mr. Beale mit vergnügtem Augenzwinkern. »Sie werden noch mehr erfahren, als Ihnen lieb ist. Soviel kann ich Ihnen heute schon sagen: Wenn Sie diese Seife heute früh benützt hätten, wären Sie bis heute abend von Kopf bis Fuß mit einem sehr unangenehmen, juckenden Ausschlag bedeckt gewesen.«

Sie fuhr hoch.

»Aber wer hat denn gewagt, mir das zu schicken?«

Er zuckte die Schultern.

»Wer weiß? Eine Frage übrigens: Was hätten Sie getan, wenn Sie heute abend gesehen hätten, daß Ihr ganzer Körper mit roten Flecken übersät ist?«

Sie überlegte einen Augenblick.

»Ich hätte natürlich einen Arzt geholt.«

»Und welchen Arzt?« fragte er leichthin.

»Nun, Dr. Harding, er ist . . . Oh!« Sie sah ihn vorwurfsvoll an. »Sie wollen damit doch nicht etwa andeuten, daß Dr. Harding mir dieses gräßliche Zeug geschickt hat?«

»Ich will gar nichts andeuten«, antwortete Mr. Beale. »Ich kann mir nur vorstellen, daß Dr. Harding Ihnen bestimmt vier bis fünf Tage Bettruhe verordnet und Ihnen außerdem sicher eine sehr wohlschmeckende Medizin verabreicht hätte.«

»Wollen Sie mir nicht endlich sagen, was das alles bedeuten soll?« drang sie wieder in ihn.

»Vielleicht kommen Sie selber darauf. Keinesfalls dürfen Sie glauben, daß ich gegen Dr. Harding eine besondere persönliche Abneigung habe oder daß ich ihn als einen Rivalen – gleich in welchem Sinne – betrachte. Das Spiel, das hier gespielt wird, ist viel größer, als Sie vorerst annehmen können; seien Sie also bitte nicht beleidigt.«

Sie lachte.

»Ich bin ja gar nicht beleidigt. Ich muß nur immer daran denken, daß Dr. Harding stets sehr freundlich zu mir gewesen ist.«

Mr. Beale nickte.

»Er hat Ihnen Ihre Wohnung verschafft, ich weiß«, erwiderte er ruhig. »Er war auch bereit, Ihnen Arbeit zu geben, als Sie höchst merkwürdigerweise von Punsonby entlassen wurden. Kommt es Ihnen eigentlich nicht so vor, Miss Cresswell, als ob sich hinter allen Freundlichkeiten Dr. Hardings die Absicht verbirgt, mit Ihnen in besonders engen Kontakt zu treten? Alles, was Ihnen in der letzten Zeit zugestoßen ist, war doch dazu bestimmt, Sie mehr und mehr von Dr. Harding abhängig zu machen. Vor allem wäre das der Fall gewesen, wenn Sie für ihn gearbeitet hätten, wie er geplant hatte.«

»Geplant hatte?« rief sie erstaunt.

Nicht die Spur eines Lächelns war jetzt auf seinem Gesicht zu sehen.

»Ganz richtig«, sagte er. »Sie erhielten von Punsonby auf Veranlassung von Dr. Harding hin Ihre Kündigung.«

»Das glaube ich nicht!«

»Trotzdem stimmt es«, entgegnete Mr. Beale. »Als Dr. Harding zu seinem Ärger entdeckte, daß Sie schon eine Stellung angenommen hatten, veranlaßte er White, Sie wegen Unterschlagung anzuzeigen. Fast wären Sie in einer schlimmen Patsche gewesen. Und er rechnete darauf, daß Sie sich um Hilfe an ihn als Ihren einzigen wahren Freund wenden würden.«

Sie hörte ihm sprachlos zu. Eine innere Stimme sagte ihr, daß Mr. Beales Ausführungen zumindest sehr wahrscheinlich klangen.

»Ich behaupte sogar«, fuhr Beale fort, »daß Dr. Harding den festen Wunsch hat, Sie völlig von seinem Willen abhängig zu machen.«

Sie sah ihn erstaunt an und lachte dann plötzlich laut.

»Wirklich, Mr. Beale«, sagte sie, »das klingt einfach lächerlich. Warum sollte der Doktor ein solch großes Interesse an mir haben? Wollen Sie etwa andeuten . . .« Sie errötete.

»Ich will gar nichts andeuten«, entgegnete Beale und glitt von der Kante des Tisches herunter. »Ich will nur gewisse Tatsachen feststellen. Ich glaube auch nicht, daß er Ihnen gegenüber unehrenhafte Absichten hat – im Gegenteil, er wird Sie heiraten wollen! – Was sagen Sie nun?«

»Ich muß schon sagen«, antwortete sie, »daß ich Dr. Harding bis jetzt nie als Heiratskandidaten betrachtet habe. Wenn Sie glauben, daß es so ist, dann muß ich Sie aber auch darauf aufmerksam machen, daß es noch andere Mittel gibt, die Liebe einer Frau zu gewinnen, als ihr vergiftete Seife zu schenken.«

Sie lachten beide.

»Na schön«, sagte er und nahm seinen Hut. »Machen Sie sich wieder an Ihr Werk!«

Plötzlich erinnerte sie sich an das gestern belauschte Gespräch.

»Sagen Sie mir bitte«, rief sie schnell, »wie ist es möglich, daß ich einen Namen, den ich erst gestern bei meiner Arbeit kennenlernte, inzwischen auch von Dr. Harding gehört habe?« Sein Gesicht wurde ernst.

»Wem gegenüber hat er den Namen genannt?«

»Er sprach mit einem Mann. Ich hörte ihn zufällig, als ich die Tür abschloß. Es handelt sich um einen Mr. Scobbs aus Rotegaul.«

»Dr. Harding erwähnte den Namen eines Mr. Scobbs aus Rotegaul?« murmelte Mr. Beale vor sich hin. »Haben Sie den Mann gesehen?«

»Nein. Ich habe nur seine Stimme gehört.«

»Wurden auch andere Namen genannt?«

»Nein«, sagte sie. »Ist das so wichtig?«

»Ziemlich«, antwortete er. »Wir müssen rasch handeln.«

Mit dieser rätselhaften Bemerkung verließ er sie.

Der Tag verging ihr wieder wie im Flug. Die Tabellen, die sie ausarbeitete, wuchsen in die Länge; am Abend lag ein ganzer Stoß beschriebenes Manuskriptpapier im Aktenschrank. Sie hätte vielleicht noch mehr zustande gebracht, wenn sie nicht lange nach einem fehlenden Wirtschaftsbericht gesucht hätte. Dieser Bericht stand nicht auf dem Regal, und sie konnte ihn auch sonst nirgends entdecken, bis sie schließlich auf einen kleinen Schrank unter den Regalen stieß, in dem sich das gesuchte Dokument befand.

Mit der Absicht, sich ganz genau zu orientieren, untersuchte sie auch den anderen Inhalt des Schrankes und nahm einen Aktenordner in die Hand, der keine Aufschrift trug. Sie öffnete ihn und las auf dem ersten Blatt: ›Der Mord an John Millinborn.‹ Der Ordner enthielt das Material einer sehr genauen gerichtlichen Untersuchung, samt Plänen und Zeichnungen, auf denen mit kleinen roten Kreuzen angezeichnet war, wo sich jeder der Anwesenden während der Tragödie befunden hatte.

Sie las ohne großes Interesse die erste Seite durch und hatte die zweite halb überflogen, als sie auf den Namen Dr. Hardings stieß. Jetzt erwachte ihre Aufmerksamkeit, und sie las den Bericht voll Spannung bis zum Schluß, ohne jedoch auch den Namen von Mr. Beale erwähnt zu finden, wie sie erwartet hatte. Eine besondere Rolle in der Angelegenheit schien ein Mr. James Kitson zu spielen, denn er wurde häufig genannt. Sie klappte den Ordner zu und legte ihn in den Schrank zurück.

Eine Zeitlang dachte sie noch darüber nach, dann jedoch wurde sie ärgerlich, daß sie sich so lange hatte aufhalten lassen, und beschloß, dafür eine Stunde länger zu arbeiten. Außerdem erwartete sie, daß Mr. Beale zurückkommen würde; sie war etwas beunruhigt über sein Ausbleiben.

Um sechs schickte sie den Jungen heim, schloß das Büro ab und ging hinunter auf die belebte Straße. Zu ihrem Erstaunen rief jemand ihren Namen. Als sie sich umdrehte, stand Dr. Harding vor ihr.

»Ich warte schon seit einer Stunde auf Sie«, sagte er im liebenswürdigsten Ton.

Sie hatte eigentlich vor, sich auf kein Gespräch mit ihm einzulassen, aber schließlich siegte doch die Neugierde.

»Woher wußten Sie, wo ich arbeite?« fragte sie ziemlich kurz.

Er lachte.

»Sehr einfach – ich kam heute mittag auf dem Weg zu einem Patienten an dem Haus hier vorbei und sah Sie zufällig zur Tür herauskommen; wahrscheinlich gingen Sie zum Mittagessen. Da ich heute abend noch einmal zu meinem Patienten mußte, fiel mir auf dem Rückweg ein, daß ich Sie hier erwarten könnte. Ich habe mich auch gleich erkundigt, für wen Sie hier arbeiten – und ich muß sagen, daß Sie sehr unvorsichtig sind.«

»Sie brauchen sich meinetwegen wirklich keine Sorgen zu machen, Herr Doktor«, entgegnete sie ruhig. »Mr. Beale ist viel netter, als ich gedacht habe – nicht nur in seinen nüchternen Augenblicken.«

Sie lächelte ihn vergnügt an.

»Aber ich bitte Sie, ein Trinker!« erwiderte der Doktor streng. »Ich habe stets versucht, Ihnen ein guter Freund zu sein, Miss Cresswell, und ich rate Ihnen – kündigen Sie ihm!«

»Aber warum denn«, lachte sie. »Er behandelt mich – ob betrunken oder nüchtern – mit der größten Höflichkeit! – Jetzt muß ich aber gehen, Doktor, bitte entschuldigen Sie mich.«

»Darf ich Sie nicht irgendwo zu einer Tasse Tee einladen?«

Sie überlegte einen Augenblick.

»Was verstehen Sie unter ›irgendwo‹?« fragte sie dann.

»Im ›Grand Alliance‹« schlug er vor.

Sie nickte und folgte ihm zu seinem Wagen.

8

Das ›Grand Alliance‹ war als Treffpunkt für den Fünfuhrtee zur Zeit große Mode. Margaret fiel zwar die Warnung Mr. Beales ein, sie konnte sich aber beim besten Willen nicht vorstellen, daß ihr in dem überfüllten Café irgend etwas zustoßen könnte.

Trotzdem nahm sie sich vor, sehr vorsichtig zu sein. Vor allem als sie bemerkte, daß das Lokal um diese Zeit schon viel leerer war, als sie gedacht hatte.

Harding hatte anscheinend einen Tisch reservieren lassen, denn ein Kellner führte sie sofort zu einer Nische und hielt einen Stuhl für das Mädchen bereit. Sie setzte sich und versuchte, so vergnügt wie nur möglich zu sein. Die luxuriöse Umgebung und die Klänge der ausgezeichneten Kapelle hätten ihr unter anderen Umständen sicher viel Spaß gemacht.

»Wissen Sie, Doktor«, sagte sie dann plötzlich, »daß ich heute eine ganze Menge über Sie gelesen habe?«

Er sah sie fragend an.

»Über mich?«

Sie nickte lächelnd.

»Ich wußte gar nicht, was für ein berühmter Mann Sie sind. Ich habe von dem Mord an John Millinborn gelesen.«

»Das hat Sie interessiert?« fragte er und sah ihr gelassen in die Augen. »Eine unangenehme Sache, ich möchte sie gerne vergessen.«

»Ich fand es unerhört spannend«, entgegnete sie. »Fast wie ein Kriminalroman. Nur ohne Happy-End.«

Er lachte.

»Nicht gerade das richtige Thema für eine Unterhaltung bei einer Tasse Tee«, meinte er dann und winkte dem Oberkellner.

»Sie lassen uns warten, Jacques!«

»Nur noch einen Augenblick, Herr Doktor«, antwortete der Kellner und verbeugte sich. So leise, daß das Mädchen ihn nicht hören konnte, fügte er hinzu: »Wir hatten mit Ihrem – hm – Bekannten Schwierigkeiten.«

»Sie meinen mit Jackson?« Der Doktor blickte auf. »Ich dachte, der sei schon weggefahren?«

»Er sollte mit dem Zehn-Uhr-Zug heute morgen fahren, aber er bekam einen Schwindelanfall und mußte sich hinlegen.«

»Wo ist er jetzt?« fragte Harding nach einer Pause.

»Auf seinem Zimmer, Sir. Heute nacht will er nach Irland reisen – das erzählte er mir wenigstens –, um den Postdampfer in Queenstown zu erreichen.«

»Lassen Sie ihn nicht wissen, daß ich hier bin«, sagte der Doktor.

Er wandte sich wieder dem Mädchen zu. »Ein verbummelter Freund von mir, den ich nach Kanada schicke«, erklärte er.

»Wollen Sie nicht lieber doch gehen und nach ihm sehen?« fragte sie. »Vielleicht braucht er Ihre Hilfe.«

»Nicht nötig«, sagte Dr. Harding ruhig. »Diese kleinen Anfälle sind nicht gefährlich. Als er mich neulich besuchte, hatte er auch einen solchen Schwindel. Das kommt vom vielen Trinken; ich hoffe, daß er in Kanada davon geheilt wird.«

Sie antwortete nicht. Nur mit Mühe unterdrückte sie einen Ausruf des Erstaunens. Das mußte der Mann gewesen sein, dessen Gespräch mit dem Doktor sie zufällig gehört hatte und der nach Rotegaul wollte. Fast hätte sie den Namen Mr. Scobbs' genannt, aber sie beherrschte sich im letzten Augenblick.

Statt dessen versuchte sie die Unterhaltung wieder auf das vorige Thema zu bringen.

»Kennen Sie Mr. Kitson?«

»Kitson? Sie meinen den Rechtsanwalt? O ja«, antwortete er etwas unwillig. »Ich fürchte, ich kann wenig Gutes über ihn sagen. Meiner Meinung nach weiß Rechtsanwalt Kitson weit mehr über den Mord an Millinborn als sonst jemand. Es sei denn – Mr. Beale.«

»Mr. Beale?« fragte sie ungläubig.

»Mr. Beale«, wiederholte er. »Sie kennen doch die Geschichte des Mordes. Millinborn lag im Sterben, und ich hatte mit Kitson das Zimmer verlassen, als jemand durch das Fenster eindrang und John Millinborn mit einem Stich ins Herz tötete. Ich habe gute Gründe anzunehmen, daß der Mann, den ich jetzt nach Kanada schicke, diesen Mord beobachtet hat. Er besteht zwar darauf, nichts gesehen zu haben, aber vielleicht wird er später einmal reden.«

Ihr ging plötzlich ein Licht auf.

»Dann ist also dieser Jackson der Mann, den Mr. Kitson in der Umgebung des Hauses gesehen hatte?«

»Stimmt«, sagte der Doktor.

»Aber das verstehe ich nicht!« entgegnete sie verwirrt. »Wird Jackson nicht von der Polizei gesucht?«

»Ich glaube, es wäre niemand damit gedient, wenn ihn die Polizei findet«, sagte er ernst. »Ich vertraue ihm vollkommen. Mr. Jackson wird sich eine Zeitlang auf einer Farm in Ontario aufhalten, wo ein mir befreundeter Arzt Alkoholiker behandelt.«

Er sah sie fest an.

»Dr. Harding«, erwiderte sie langsam, »Sie schicken Mr. Jackson nach Rotegaul.«

Er fuhr zurück, als hätte sie ihm einen Schlag versetzt, und war einen Augenblick sprachlos.

»Woher – wissen Sie das?« fragte er verstört.

Sie war über diese Wirkung ihrer Worte selbst erschrocken und versuchte sie abzuschwächen.

»Ich habe den Namen des Ortes zufällig gehört, als sich Mr. Jackson neulich von Ihnen verabschiedete.«

Er atmete tief auf und trug gleich wieder eine selbstsichere Miene zur Schau, nur sein Gesicht war noch sehr blaß.

»Ach so!«, sagte er. »Das Ganze ist ja eigentlich ein Ablenkungsmanöver. Mr. Jackson kennt diese Entziehungsanstalt für Alkoholiker, und ich mußte ihm deshalb ein anderes Reiseziel nennen. Er wird nicht weiter kommen als –«

»Verflucht noch mal, wenn das nicht der Doktor ist!«

Beim Klang der heiseren Stimme blickten sie beide auf. Der Mann, der sich Jackson nannte, hatte von der Mitte der Halle aus gesprochen. Er war gut angezogen, aber den Eindruck, den sein gemeines und häßliches Gesicht machte, konnte auch der beste Anzug nicht verwischen.

»Das ist aber verdammt liebenswürdig von dir, Doktorchen.«

Das Mädchen beachtete er gar nicht, sondern grinste nur frech zu ihrem wütenden Begleiter hinüber.

»Ich stehe im Begriff, dieses Land zu verlassen, und kein Mensch sagt mir Lebewohl. Wirklich, ich werde nicht gerade gut behandelt. Am liebsten würde ich allen Leuten den Hals abschneiden . . .«

»Halt den Mund!« fuhr ihn Harding wütend an. »Siehst du denn nicht, daß ich in Gesellschaft einer Dame bin?«

»Oh, bitte tausendmal um Verzeihung!« Der Mann, der sich Jackson nannte, verbeugte sich galant vor dem jungen Mädchen. »Schade, daß Sie einen so großen Hut tragen, man kann Ihr Gesicht gar nicht richtig sehen. Aber bestimmt sind Sie reizend, Miss. Ich bedauere es zutiefst, daß Sie schon einen Kavalier haben. Glauben Sie mir nur, früher hätten Sie auch mit mir vorliebgenommen. Bei der Stellung, die ich zu meiner Zeit in der Gesellschaft eingenommen habe! Mit Prinzen und Fürstinnen habe ich mich geduzt . . .«

»Jackson« – Hardings Stimme zitterte vor Wut –, »verschwinde jetzt sofort!«

Jackson stieß ihn mit einem lauten Lachen zur Seite. »Ich sehe schon, ich bin hier unerwünscht«, sagte er. »Es tut mir also leid, Mademoiselle.« Er ging einige Schritte auf sie zu und streckte ihr seine Hand entgegen. Erschrocken blickte sie auf und sah ihn an. Im gleichen Augenblick wich er mit angstverzerrtem Gesicht zurück. »Du!« keuchte er. »Du, Mary!«

»Zum Teufel, mach jetzt, daß du fortkommst!« brüllte Harding und packte ihn am Arm.

Jackson kümmerte sich überhaupt nicht um ihn, er starrte wie gebannt auf das Mädchen, das es wie unter einem geheimen Zwang nicht fertigbrachte, ihren Blick abzuwenden.

»Mary«, flüsterte er. »Wie heißt du weiter?«

»Ich heiße nicht Mary«, entgegnete sie ruhig. »Mein Name ist Margaret Cresswell.«

»Margaret Cresswell«, wiederholte er. »Margaret Cresswell.« Er machte einen Schritt auf sie zu, aber Harding zog ihn mit aller Kraft in eine Ecke. Margaret hörte, wie Jackson dort mit halberstickter Stimme etwas sagte und Harding darauf verwundert »Was!« ausrief.

Der Doktor drückte Jackson auf einen Stuhl und setzte sich ihm gegenüber.

»Kannst du schwören, daß du die Wahrheit sagst?« fragte er scharf.

Jackson nickte. Er zitterte am ganzen Körper.

»Mein richtiger Name ist Predaux – und das ist meine Tochter. Ich habe unter dem Namen Cresswell geheiratet. Meine Tochter!« wiederholte er. »Ich kann es nicht fassen . . .«

»Was hast du jetzt vor?« fragte Harding.

»Ich will es ihr sagen«, flüsterte Jackson. »Was hast du denn eigentlich mit ihr zu schaffen?« fuhr er darauf wild in die Höhe.

»Das geht dich gar nichts an«, entgegnete Harding grob.

»Mich nichts angehen? Das werde ich dir schon zeigen! Ich werde ihr alles erzählen, was ich von dir weiß. Ein Lump bin ich zwar gewesen, aber das hier geht zu weit . . . Der besten Frau der Welt habe ich das Herz gebrochen, doch daß du das Herz ihrer Tochter nicht brichst, dafür werde ich sorgen.«

Seine Stimme war auf einmal wie verwandelt, sie klang so fest und entschlossen, daß der Arzt aufhorchte.

»Sei jetzt ruhig«, zischte Harding. »Ich gehe jetzt zu ihr und schicke sie weg, dann komme ich zu dir zurück.«

Jackson antwortete nicht. Er saß auf seinem Stuhl und murmelte unverständliche Sätze vor sich hin. Harding lief schnell zu dem Mädchen hinüber.

»Es tut mir leid, aber ich fürchte, Sie müssen allein nach Hause gehen. Er hat einen seiner Anfälle ... Besser, Sie gehen gleich weg«, unterbrach er sich schnell mit einem Blick auf Jackson, der aufgestanden war. »Ich kann Ihnen gar nicht sagen, wie leid es mir tut, daß Sie diese Szene miterleben mußten.«

»Halt!« Jackson kam auf sie zu, blieb auf halbem Weg stehen und deutete mit zitternden Fingern auf die beiden. »Ich habe Ihnen etwas zu sagen, Miss. Ich weiß alles ... Er will Sie dazu zwingen, für den grünen Brand zu bezahlen und ...«

So weit war er gekommen, als er torkelte und plötzlich zusammenbrach. Der Arzt lief zu ihm hin, hob ihn auf und legte ihn auf eine Bank, die in der Nähe stand. »Eine Ohnmacht, nichts weiter«, sagte er beruhigend zu den Leuten, die von ihren Tischen aufgesprungen und herbeigelaufen waren.

»Jacques!« rief er dem Oberkellner zu. »Etwas Kognak.«

»Soll ich einen Krankenwagen rufen, Sir?«

»Nicht nötig«, sagte Harding. »In wenigen Minuten wird er wieder zu sich kommen. Lassen Sie ihn nur ruhig liegen.« Er ging wieder zurück zu dem Mädchen.

»Wer ist der Mann?« fragte sie mit zitternder Stimme.

»Er hat einmal bessere Tage gesehen«, antwortete Harding. »Aber jetzt müssen Sie wirklich gehen.«

»Da kommt der Kellner«, unterbrach sie ihn, »er bringt den Kognak.«

Der Arzt ließ eine kleine Tablette im Kognak zergehen, bevor er ihn dem Kranken einflößte.

Der Mann schauderte, während er trank, und wurde nach einigen Sekunden plötzlich ganz schlaff.

Der Arzt beugte sich über ihn und hob sein Augenlid.

»Ich fürchte, er ist tot«, sagte er leise.

»Tot!« Das Mädchen starrte ihn entsetzt an. »Das meinen Sie doch nicht wirklich?«

Harding nickte. »Herzschlag«, sagte er.

»Dieselbe Sorte Herzschlag, an der John Millinborn gestorben ist«, sagte eine Stimme hinter ihm. »Der Preis des grünen Brandes wird immer höher, Doktor.«

Das Mädchen drehte sich schnell um. Mr. Beale stand plötzlich neben ihr und ließ Dr. Harding nicht aus den Augen.

9

»Was soll das heißen?« fragte Dr. Harding.

Statt einer Antwort nahm Beale das kleine Röhrchen in die Hand, aus dem der Arzt vorher die Tablette geholt hatte. Er hatte es achtlos auf den Tisch gelegt.

»Digitalis«, las er. »Eigentlich sollte ihn das nicht umbringen.«

Er sah Harding nachdenklich an und las noch einmal die Aufschrift auf dem Röhrchen. Es trug den Namen einer bekannten pharmazeutischen Firma.

»Haben Sie nach der Polizei geschickt?« fragte Beale den aufgeregten Geschäftsführer.

»Ja, Sir, sofort. Ich glaube, da ist sie schon.«

Er ging in die Hotelhalle hinüber, wo gerade drei Herren in Zivil hereinkamen. Etwas in Hardings Benehmen kam Beale seltsam vor. Er stand noch immer auf demselben Fleck, wo er vorher angesprochen worden war. Er ging auch dann nicht weg, als die Leiche fortgetragen wurde und die Polizei nach den Begleitumständen des Todes forschte. Als Beale das Mädchen die breite Treppe hinaufführte, wo sie sich in einem Zimmer des oberen Stocks von dem Schrecken etwas erholen sollte, sah er, daß sich Harding noch immer nicht rührte.

»Es war schrecklich«, jammerte das Mädchen. »Ich habe noch nie jemand sterben sehen.«

Beale nickte. Seine Gedanken konzentrierten sich auf das komische Verhalten des Doktors. Weshalb blieb er noch immer an derselben Stelle stehen, als die Leiche längst weggebracht war?

»Bitte entschuldigen Sie mich einen Augenblick«, sagte er zu dem Mädchen.

Als er zum Schauplatz der Tragödie kam, war Harding verschwunden.

Auf einmal fiel ihm etwas ein, und er ging rasch zu der Stelle, wo der Arzt gestanden hatte. Auf dem Boden sah er einen nassen Fleck.

Er rief nach dem Geschäftsführer.

»Wer hat diese Fliese hier gereinigt?« fragte er.

Der Geschäftsführer zuckte die Achseln.

»Der Doktor, Sir. Er verlangte ein Glas Wasser, machte sein Taschentuch naß und wischte den Boden auf. Wirklich sehr eigenartig.«

»Idiot!« entfuhr es Beale. »Hoffnungsloser Idiot!«

»Aber mein Herr«, sagte der Geschäftsführer erschrocken.

»Schon gut«, lächelte Beale. »Ich habe gerade ein Selbstgespräch geführt.«

Er kniete nieder und untersuchte den Fußboden.

»Ich brauche diese Fliese. Niemand darf sie berühren«, sagte er.

Selbstverständlich hatte Harding die kleine Digitalistablette, die er aus dem Röhrchen genommen hatte, darauf zertreten. Was er Jackson gab, war wohl etwas viel Gefährlicheres gewesen.

Die Lösung war höchst einfach – lächerlich einfach.

Margaret war wie betäubt von diesen Ereignissen. Erst als sie am nächsten Tag die Schilderung des Vorfalls im ›Post Record‹ las, wurde ihr vieles klarer. Der Berichterstatter hatte das Ganze geschickt zusammengefaßt:

›Die Tragödie, die sich gestern im *Grand Alliance* abspielte, muß wahrscheinlich der langen Liste ungelöster Verbrechen hinzugefügt werden. Mr. Jackson wohnte seit einer Woche in dem Hotel und war gerade im Begriff, nach Kanada abzureisen. Dr. Harding hat unserem Reporter erzählt, daß der Mann ihm gegenüber behauptet hatte, ein Freund John Millinborns gewesen zu sein, und daß er nun nach Kanada auswandern wolle. Er zeigte vorzügliche Referenzen vor, und Dr. Harding bot ihm seine Hilfe an. Im letzten Augenblick erst fiel ihm die Ähnlichkeit auf, die der Mann mit dem im Fall Millinborn Gesuchten hatte. Dr. Harding wollte die Polizeibehörde in Liverpool verständigen, da er annahm, daß Jackson bereits dorthin abgereist sei, als er ihn ganz unerwartet noch einmal im Hotel traf.

Wahrscheinlich liegt ein Selbstmord vor. Der Mann wurde ohnmächtig, und Dr. Harding verabreichte ihm ein vollkommen harmloses, herzstärkendes Medikament. Die Sektion der Leiche hat aber das Vorhandensein einer beträchtlichen Menge von Zyankali ergeben, und die Vermutung der Polizei geht dahin, daß der Mann sich vor der Ohnmacht selbst vergiftet hat. Als weiterer Beweis dafür gilt außerdem, daß man in seiner Tasche eine ganze Anzahl Zyankalitabletten fand.

»Ich bin überzeugt«, sagte der Doktor zu unserem Reporter, »daß der Mann die Tat schon lange geplant hatte. Als ich ihm auf den Kopf zusagte, für wen ich ihn hielt, entschloß er sich wahrscheinlich, auf der Stelle zu handeln. Natürlich habe ich nicht bemerkt, was er vorhatte, sonst hätte ich es zu verhindern versucht.«‹

Margaret schüttelte den Kopf, als sie dies las. Es war ihr klar, daß an dieser Geschichte etwas nicht stimmte.

Auch Mr. Beale las den Bericht. Ärgerlich warf er nachher die Zeitung auf den Boden und lächelte grimmig den Inspektor der Kriminalpolizei an, der ihm gegenübersaß.

»Wie gefällt Ihnen diese raffinierte Auslegung?« fragte er und schob die Zeitung mit dem Fuß unter den Tisch.

»Meiner Meinung nach haben wir genügend Beweise, um Harding zu verhaften«, entgegnete der andere. »Die Fliese, die Sie sichergestellt haben, zeigt eindeutig Spuren von Digitalis.«

Beale schüttelte den Kopf.

»Beweise nennen Sie das? Er hätte eine Digitalistablette auch durch Zufall fallen lassen können! Und wie wollen Sie nachweisen, daß er die Zyankalitabletten, die er in Predaux' Tasche schmuggelte, bei sich getragen hatte? Nein, da ist nichts zu machen.«

»Haben Sie sich denn schon eine feste Meinung gebildet?«

»Ich bin mir über vielerlei noch nicht im klaren«, entgegnete

Mr. Beale. »Von etwas bin ich allerdings überzeugt – nämlich davon, daß Millinborn von Dr. Harding getötet wurde. Er hat ihn umgebracht, weil er während der Abwesenheit Mr. Kitsons ein sehr wichtiges Geheimnis aus ihm herausgepreßt hatte. Als Kitson zurückkam, fand er seinen Freund in den letzten Zügen vor. Wie Harding war auch er der Meinung, daß John nicht wieder sprechen würde. Zu seiner Überraschung hatte Millinborn aber doch noch einen lichten Augenblick und fing zu reden an – dies war der Grund für Harding, der Angst hatte, seine Schurkerei würde nun ans Licht kommen, ihn zu ermorden.

Die Verbindung zu dem Verbrechen im ›Grand Alliance‹ liegt auf der Hand. Einem Mann wird von dem gleichen Dr. Harding ein harmloses Medikament verabreicht – gleich darauf ist der Mann tot, und bei der Sektion stellt sich heraus, daß er mit Zyankali vergiftet wurde. Und wer ist der Tote? Natürlich der einzige Tatzeuge, der den Mord an John Millinborn wahrscheinlich gesehen hat und den wir seit diesem Verbrechen suchen.«

»Harding wird uns ein drittes Mal nicht entwischen. Seine Anwesenheit kann dann nicht mehr als Zufall gelten«, entgegnete der Inspektor.

Beale lachte.

»Zu einem dritten Mal wird es gar nicht kommen«, knurrte er. »Harding ist jetzt vorsichtig geworden.«

»Haben Sie eine Ahnung, welches Geheimnis Harding aus dem alten John Millinborn herausbringen wollte?« fragte der Beamte.

Beale nickte.

»Ich weiß es ziemlich genau«, entgegnete er, »und wenn ich ganz sicher bin, werden Sie es erfahren.«

Der Inspektor studierte noch immer den Zeitungsbericht.

»Wie ich sehe, hat die Untersuchungskommission auf ›Selbstmord im Zustand geistiger Umnachtung‹ erkannt«, sagte er. »Dieser Fall müßte Harding aber trotzdem schaden.«

»Da irren Sie sich«, antwortete Beale und stand auf. »Harding hat die Presse dermaßen bearbeitet, daß er mit einem glänzenden Ruf aus der Sache herauskommt. Wahrscheinlich werden in den Illustrierten auch noch Artikel von ihm erscheinen, in denen er gegen den unbefugten Verkauf von Giften zu Felde zieht. Sein Wartezimmer wird in der nächsten Zeit überfüllt sein.«

»Das ist eine verzwickte Angelegenheit«, meinte der Inspektor und erhob sich ebenfalls. »Und nehmen Sie es mir nicht übel, Mr. Beale, Sie sind einer der komischsten Leute, mit denen ich je zusammenkam. Ich werde nicht ganz klug aus Ihnen. Um was dreht sich dieses ganze Spiel eigentlich?«

»Es ist das größte Spiel der Welt«, sagte Beale schnell. »Wenn es gelingt, bringt es Elend und Leid über Tausende, wirft Riesenunternehmungen über den Haufen und stellt die Regierungen einiger Länder vor die Notwendigkeit, sich auf gewissen lebenswichtigen Gebieten gänzlich umzustellen.«

»Menschenskind«, rief der andere. »Ist das Ihr Ernst?«

Beale nickte.

»Ich war nie im Leben ernster«, sagte er. »Deshalb möchte ich auch nicht, daß sich die Polizei für diesen Mord an Jackson näher interessiert. Das eine kann ich Ihnen sagen, Inspektor, hinter unserem Rücken rollt die niederträchtigste Verschwörung ab, die je ein genialer Verbrecher ausgeheckt hat. Im Augenblick befindet sich der Erfinder dieses teuflischen Planes jedoch in Geldschwierigkeiten. Er hat die Absicht, sich neues Kapital zu verschaffen. Dazu gibt es verschiedene Wege. Mr. White von der Firma Punsonby hat er bereits um vierzigtausend Pfund erleichtert.«

Inspektor McNorton pfiff durch die Zähne.

»Es gibt auch noch andere Möglichkeiten«, fuhr Beale fort. »Und er wird sie alle ausprobieren. Wenn er jedoch ein bestimmtes Vermögen in die Hände bekommt, knalle ich ihn nieder.«

Es klopfte an der Tür, und McNorton wollte sich verabschieden.

»Bitte bleiben Sie«, sagte Beale, »ich möchte Sie diesem Herrn vorstellen.«

Er öffnete, und ein schlanker, grauhaariger Herr trat ein.

Beale schloß sorgfältig die Tür hinter ihm.

»Mr. Kitson, darf ich Ihnen Inspektor McNorton vorstellen?«

Die beiden schüttelten sich die Hände.

»Nun«, sagte Kitson, »unser Freund von der Medizin scheint es geschafft zu haben.« Er setzte sich und trommelte nervös mit den Fingern auf der Tischplatte. »Weiß der Herr Inspektor alles?«

»Fast alles«, antwortete Beale.

»Fast alles«, wiederholte der Inspektor lächelnd. »Sogar andeutungsweise die Sache mit dem grünen Brand. Da gebe ich allerdings zu, daß ich etwas verwirrt bin.«

»Darüber weiß ich selbst nichts«, sagte Kitson und sah Beale forschend an. »Es ist eine Entdeckung, die Mr. Beale zufällig machte, als er Miss Cresswell beobachtete.«

»Die Dame, die anwesend war, als Jackson ermordet wurde?«

»Es wird das beste sein, wenn Sie darüber Bescheid wissen«, sagte Kitson. »Miss Margaret Cresswell ist die Nichte von John Millinborn. Ihre Mutter hat einen nichtsnutzigen Kerl geheiratet, der sich Cresswell nannte, in Wirklichkeit aber Predaux hieß. Erst brachte er ihr Vermögen durch, dann ließ er sie und ihr kleines Kind mittellos sitzen.«

»Und wo war Predaux alias Jackson die ganze Zeit?« unterbrach ihn der Kriminalbeamte.

»Man glaubte, er sei tot«, fuhr Kitson fort. »Nach John Millinborns Tod ließ ich jedoch Nachforschungen anstellen und bekam heraus, daß er auf Lebenszeit nach Cayenne verschickt worden war, anläßlich einer Amnestie aber wieder die Freiheit erhalten hatte. Er machte sich auf den Weg zu John Millinborn und traf ausgerechnet an dem Tag dort ein, als Millinborn ermordet wurde.«

»Und warum hat er seine Tochter sofort erkannt? Er hat sie doch nur als Kind gesehen.«

Kitson gab keine Antwort, sondern holte zwei Fotografien aus der Tasche. Die eine zeigte eine sehr schöne, altmodisch gekleidete Frau, die andere ein modern angezogenes junges Mädchen, in dem McNorton sofort Margaret Cresswell erkannte. Die Ähnlichkeit der beiden Frauen war ganz erstaunlich.

»Wirklich, man könnte sie miteinander verwechseln!«

»Deshalb rief Jackson auch ›Mary‹ – so hieß seine Frau. Millinborn hat sein ganzes Vermögen Miss Cresswell hinterlassen, aber ich mußte ihm versprechen, daß ihr von dieser Erbschaft erst nach ihrer Verheiratung Mitteilung gemacht würde. Er hatte Angst, sie würde Heiratsschwindlern in die Hände fallen. Das war das Geheimnis, das Harding von dem armen John – ich fürchte durch Anwendung von Gewalt – erfahren hat. Seitdem legt er es darauf an, das Mädchen zu heiraten und damit ein riesiges Vermögen in die Hände zu bekommen.«

»Und wie wurde Mr. Beale in die Sache verwickelt?« fragte der Inspektor.

»Nun, den ließ ich eigens aus New York kommen, um Harding zu beobachten und das Mädchen zu beschützen. Im Verlauf seiner Tätigkeit ist Mr. Beale auf eine andere Angelegenheit gestoßen, über die ich nicht weiter orientiert bin.«

»Dem Mädchen wollen Sie nichts sagen?«

»Nein, keinesfalls. Ich muß mich an mein Versprechen halten und kann ihr von der Erbschaft erst nach ihrer Heirat erzählen. – Wäre es eigentlich nicht das beste, Sie würden Ihr Büro nach New York verlegen und sie dorthin mitnehmen, Mr. Beale?«

Beale schüttelte den Kopf.

»Nein, das werde ich nicht tun. Hier habe ich die Möglichkeit, sie genauso gut zu beschützen und gleichzeitig das Gelingen von Hardings großem Plan zu verhindern.«

Kitson verzog den Mund.

»Ich weiß nicht, ob sich das miteinander vereinbaren läßt«, sagte er. »Auf jeden Fall will ich Miss Cresswell sehen – das wird doch keine Schwierigkeiten machen?«

»Nicht im geringsten«, entgegnete Beale. »Ich werde ihr erzählen, daß Sie sich für ihre Arbeit interessieren.« Er lächelte. »Ich könnte Sie ihr sogar als Mr. Scobbs vorstellen.«

»Wer ist Mr. Scobbs?«

»Ein Hotelbesitzer im Westen Kanadas und meiner Meinung nach ein lobenswerter, harmloser Geschäftsmann. Miss Cresswell ist sein Name aus irgendeinem Grund aufgefallen.«

»Scobbs«, wiederholte der Anwalt nachdenklich. »Der Name kommt mir irgendwie bekannt vor . . .«

»Brauchen Sie mich eigentlich noch?« fragte der Inspektor.

»Es wäre mir lieb, wenn auch Sie Miss Cresswell kennenlernten«, erwiderte Beale. »Vielleicht brauchen wir Sie eines Tages noch.«

Mr. Beale verließ seine Wohnung und klingelte an Margarets Tür. Niemand öffnete. Er klopfte und klingelte noch einmal – kein Laut war zu hören. Erschrocken fiel ihm ein, daß er das Mädchen den ganzen Tag noch nicht gesehen hatte, da er an der gerichtlichen Untersuchung im Fall Jackson teilgenommen hatte. Vor zwei Stunden hatte er aber doch gehört, wie ihre Tür geschlossen wurde. Schnell lief er zurück in seine Wohnung.

»Sie ist nicht zu Hause«, sagte er erregt. »Das verstehe ich nicht. Ich habe sie gestern ausdrücklich gebeten, eine Zeitlang abends nicht auszugehen.«

Er holte eine Taschenlampe, ging in sein Schlafzimmer und öffnete die Balkontür. Das Trenngitter des kleinen Balkons, der die beiden Wohnungen miteinander verband, hatte er im Nu überstiegen. Ihr Fenster war zwar geschlossen und verriegelt, aber mit der Geschicklichkeit eines Berufsverbrechers öffnete er es und kletterte in ihr Schlafzimmer.

Er machte Licht und blickte sich um. Ihr Mantel und der Hut lagen auf dem Bett. Im Schrank hingen alle ihre Kleider – er kannte sie längst –, und auch die Schubladen der Kommode waren zu. Nirgends war die geringste Unordnung, auch nicht im Wohnzimmer – trotzdem sagte ihm ein unerklärliches Gefühl, daß sich hier vor kurzer Zeit irgend etwas Unheimliches abgespielt hatte. Dann entdeckte er auf dem Boden einen Schuh, dessen Absatz gebrochen war. Er steckte ihn ein und lief in die Küche. Die Fußmatte vor dem Spültisch war verschoben, und an der Wand neben der Tür sah man zwei lange Kratzer. Er sog die Luft ein – ein schwacher, süßlicher Geruch sagte ihm alles: Äther!

Er ging ins Wohnzimmer. Das kleine Schreibpult war offen, ein angefangener Brief lag darauf. Er war an ihn gerichtet:

›Lieber Mr. Beale!
Besondere Umstände zwingen mich, sofort nach Liverpool zu reisen.‹

Weiter nichts.

Er steckte das Schreiben ein und ging in seine eigene Wohnung zurück.

Den anderen erklärte er kurz die Sachlage, dann ging er hinüber zur Wohnung des Arztes und läutete.

10

Der Doktor, in Hausschuhen und Hausjacke, öffnete.

»Auf ein Wort, Doktor«, sagte Beale.

»Aber gerne«, entgegnete der Arzt freundlich. »Kommen Sie herein.«

Beale folgte ihm in sein Arbeitszimmer.

»Wann haben Sie Miss Cresswell zuletzt gesehen?« fragte er dort ohne weitere Umstände.

»Ich habe sie heute überhaupt noch nicht gesehen«, entgegnete der Doktor nach kurzem Zögern. »Seit ich von der Gerichtsverhandlung zurück bin, habe ich meine Wohnung noch nicht verlassen. Mit welchem Recht stellen Sie mir eigentlich so indiskrete Fragen?«

»Ich werde Ihre Wohnung durchsuchen, ob Ihnen das paßt oder nicht«, sagte Beale.

»Sie sind wohl so eine Art Polizei, wie?« lächelte der Arzt. »Immerhin brauchen Sie dazu einen Haussuchungsbefehl!«

»Den habe ich nicht – aber ich werde Ihre Wohnung trotzdem durchsuchen.«

»Na, von mir aus«, knurrte der Doktor. »Suchen Sie, soviel Sie wollen. Wo möchten Sie mit der Durchsuchung beginnen? Hier vielleicht?«

Er deutete auf drei hohe Kisten, die in der Nähe der Tür standen.

»Etwas besonders Reizvolles werden Sie darin allerdings nicht finden – es sind soeben angekommene anatomische Modelle. Die Kisten sind noch verschraubt, aber wenn Sie unbedingt Skelette sehen wollen – ich habe hier einen Schraubenzieher.«

Beale zögerte.

»Sie können aber auch mit meinem Schlafzimmer anfangen«, fuhr der Doktor fort. Er ging voraus und knipste das Licht im Schlafzimmer an.

Das Zimmer war geräumig, einfach möbliert, mit einem Messingbett, einem Schrank und einer Kommode. Auf der andern Seite führte eine Tür in ein kleines Badezimmer.

Beale wollte darauf zugehen, als er das Schloß der Schlafzimmertür hinter sich schnappen hörte. Er war mit einem Satz wieder bei der Tür und wollte sie aufstoßen – sie gab nicht nach. Dabei war ihm, als hörte er draußen den Klang von Stimmen.

»Tür auf!« schrie er und hämmerte gegen das Holz.

Keine Antwort. Er lauschte ...

»Mr. Beale ...!«

Sein Herz stockte, als er den wilden Hilfeschrei hörte – es war die Stimme Margaret Cresswells, und sie kam aus dem Zimmer, das er soeben verlassen hatte.

Mit aller Kraft warf er sich gegen die Tür, aber sie war aus hartem, schwerem Eichenholz. Er riß die Pistole aus der Tasche und richtete den Lauf auf das Schloß – plötzlich senkte sich der Türgriff, und die Tür öffnete sich.

»Haben Sie sich eingeschlossen?« Der Doktor trat ihm lächelnd entgegen.

»Wo ist Miss Cresswell?« fuhr ihn Beale blaß vor Wut an. »Ich habe ihre Stimme gehört.«

Seine Hand fiel mit solcher Wucht auf die Schulter des Arztes, daß dieser in den Knien einknickte.

»Zum Teufel, Sie sind ja verrückt!« schrie der Doktor. »Ich war nur auf den Flur hinausgegangen und hatte bei Miss Cresswell geklingelt. Ihre Tür stand offen, aber Sie haben sie wohl selbst offengelassen, als Sie in ihrer Wohnung waren. Dann hörte ich sie rufen und bin sofort zurückgelaufen.«

Ohne ein weiteres Wort schob ihn Beale beiseite. Schon beim nächsten Schritt hielt er aber inne – nur noch zwei Kisten standen neben der Tür, die dritte war verschwunden. Er sprang zur Wohnungstür und raste die Treppe hinunter. Kein Auto war zu sehen und nur wenige Fußgänger. An der Ecke fand er einen

Polizisten, der aber durchaus nichts Ungewöhnliches beobachtet und vor allem vom Transport einer Kiste keine Spur gesehen hatte.

Er stieg wieder die Treppe hinauf und ging geradewegs durch die offene Wohnungstür in das Zimmer des Arztes. Eine Zigarre rauchend, lehnte der Doktor an der Wand. Sein Gesicht trug den Ausdruck behaglichster Zufriedenheit.

»Nun?« fragte er. »Haben Sie sie gefunden?«

»Noch nicht – aber ich werde sie finden, verlassen Sie sich darauf. Und zwar mit Ihrer Hilfe.«

Harding schaute ihn überlegen an.

»Ich glaube, Mr. Beale, Sie fühlen sich nicht ganz wohl. Was soll denn dieses ganze Theater? Glauben Sie denn im Ernst, ich würde in meiner Wohnung hübsche junge Damen verstecken? Außerdem suchen Sie jemand, an dessen Wohlergehen ich mindestens ein ebenso großes Interesse habe wie Sie selbst. Die Dame ist nämlich mit mir verlobt, und wir werden bald heiraten.«

Es folgte eine Pause.

»Was Sie nicht sagen«, entgegnete Beale dann leise. »Nun, da bleibt mir nichts anderes übrig, als Ihnen zu gratulieren! Und wann wird diese interessante Verlobung der Öffentlichkeit bekanntgegeben?«

»Das ist bereits geschehen«, erwiderte der Doktor. »Miss Cresswell ist unterwegs nach Liverpool, wo sie bei einer Tante von mir wohnen wird. Geben Sie sich aber keine Mühe, mich um ihre Adresse zu bitten – ich gebe sie Ihnen nicht.«

Beale schien gar nicht auf seine Worte zu hören.

»Dr. Harding, als ich in Ihre Wohnung kam, standen drei Kisten neben der Tür; als ich Ihr Schlafzimmer verließ, waren nur noch zwei da. Was geschah mit der dritten, während ich in dem Zimmer eingeschlossen war?«

Dr. Harding schüttelte mitleidig den Kopf.

»Ich fürchte, Sie sind übergeschnappt«, sagte er und zeigte in die Richtung der Kisten.

Beale schaute hin, und es verschlug ihm beinahe den Atem – neben der Tür standen drei Kisten.

»Ich gebe zu, daß ich Sie irregeführt habe, als ich sagte, sie enthielten anatomische Modelle. In Wirklichkeit sind sie nämlich leer«, sagte der Doktor. »Wenn Sie hineinschauen wollen – bitte!«

Beale ging auf die Kisten zu und untersuchte eine nach der andern sorgfältig. Die Deckel schienen angeschraubt, aber die Schrauben waren Attrappen. Bei jeder Kiste war im Deckel ein kleines Loch.

Er zog sein Taschenmesser heraus, preßte die Klinge durch das Loch, und mit einem ›Klick‹ sprang der Deckel auf. Die Kiste war leer, ebenso die beiden andern. Er leuchtete mit seiner Taschenlampe den Boden der Kisten ab, aber keine Spur von Fußabdrücken war zu sehen.

»Sind Sie nun zufrieden?« fragte der Doktor.

»Keine Spur«, erwiderte Beale, und ohne ein weiteres Wort ging er hinaus und die Treppe wieder hinunter. Auf einer der Stufen lag ein Schuh, der zu dem andern gehörte, den er schon in der Tasche hatte. Dieser Schuh hatte noch nicht dort gelegen, als er die Treppe heraufgekommen war.

Margaret Cresswell hatte eben den Artikel über Jacksons Tod im ›Post Record‹ gelesen und legte nun die Zeitung mit einem kleinen Schauder weg, als es an ihre Tür klopfte. Es war Dr. Harding.

»Kann ich einen Augenblick hereinkommen?« fragte er.

Sie zögerte.

»Ich werde Sie bestimmt nicht auffressen«, sagte er. »Aber ich bin so unglücklich über das, was geschehen ist, und ich glaube, daß ich Ihnen eine Erklärung geben muß.«

»Ich halte es zwar nicht für nötig«, antwortete sie ihm, »aber wenn Sie durchaus wollen, bitte, kommen Sie herein.«

Sie schloß die Tür hinter ihm und ließ das Licht im Vorplatz brennen.

»Sie haben den Bericht im ›Post Record‹ gelesen?« fragte er sofort.

Sie nickte.

»Und Sie haben sicher den Widerspruch bemerkt zwischen dem, was ich Ihnen erzählte, und dem, was die Journalisten von mir zu hören bekamen. Ich muß Ihnen nun sagen, daß ich einen ganz besonderen Grund hatte, diesen Mann zu beschützen.«

»Daran zweifle ich nicht«, entgegnete sie kalt.

»Miss Cresswell, bitte haben Sie ein wenig Geduld mit mir«, sagte er ernst. »Ich habe sehr viel Zeit und Mühe darauf verwandt, Ihnen behilflich zu sein und Sie zu schützen.«

»Mich zu schützen?« wiederholte sie erstaunt.

»Miss Cresswell«, fragte er, »haben Sie je Ihren Vater gekannt?«

Sie schüttelte den Kopf und war so beeindruckt, daß sie die Unterhaltung nicht sofort beendete, wie sie eigentlich vorgehabt hatte.

»Nein«, sagte sie. »Ich war noch ein Kind, als er starb, und weiß nichts von ihm.«

»Sind Sie davon überzeugt, daß er tot ist?«

»Ich habe bis jetzt nie daran gezweifelt. Warum fragen Sie mich? Ist er denn nicht tot?«

Er schüttelte den Kopf.

»Was ich Ihnen erzählen muß, wird nicht angenehm für sie sein«, sagte er. »Ihr Vater war ein Verbrecher . . .« Er wartete einen Augenblick, aber sie widersprach ihm nicht. Als sie noch ein Kind war, wurde öfters über ihren Vater getuschelt; sie hatte es aber bis heute unterlassen, Nachforschungen anzustellen. »Vor einiger Zeit ist Ihr Vater aus Cayenne entlassen worden. Er war – und das wird Sie vielleicht überraschen – französischer Staatsbürger. Seit zwölf Monaten sucht ihn die gesamte Geheimpolizei, Mr. Beale inbegriffen.«

»Das ist nicht wahr!« schrie sie. »Wie können Sie es wagen . . .«

»Ich erzähle Ihnen nur Tatsachen, Miss Cresswell«, sagte der Doktor. »Ihr Vater hat in Frankreich einen Bankraub verübt und das Geld in England versteckt. Weil man vermutete, daß er früher oder später nach Ihnen schicken würde, wurden Sie Tag und Nacht von der Polizei bewacht. Ihr Vater befindet sich jetzt in Liverpool. Heute früh habe ich einen Brief von ihm bekommen. Er ist schwer krank und bittet Sie, zu ihm zu kommen.«

Sie schaute ihn entgeistert an. Diese schreckliche Geschichte konnte nicht wahr sein. Ihr erster Einfall war, mit Beale zu sprechen, aber sie sah ein, daß das verkehrt sein mußte, wenn die Erzählung des Doktors stimmte.

»Wie soll ich denn wissen, ob Sie die Wahrheit sagen?« fragte sie.

»Das werden Sie erfahren, wenn Sie Ihren Vater gesehen haben«, antwortete er.

Er zog einen Briefumschlag aus der Tasche und legte ihn vor sie hin.

»Hier ist die Adresse – 67, Hope Street. Ich rate Ihnen aber, sich die Adresse zu merken und den Umschlag zu vernichten.«

»Wann fährt der nächste Zug?«

»In einer Stunde vom Euston-Bahnhof.«

Sie überlegte einen Augenblick.

»Ich fahre«, sagte sie dann entschlossen.

Sie ging gerade in ihr Schlafzimmer, um ihren Mantel zu holen, als er sie zurückrief.

»Es besteht gar kein Anlaß, daß Sie nicht an Beale schreiben und ihm sagen sollten, wo Sie hingefahren sind«, meinte er. »Sie können mir ein paar Zeilen geben, und ich werde dafür sorgen, daß er sie bekommt.«

Sie zögerte, setzte sich aber dann an ihren Schreibtisch und schrieb die Zeilen, die Beale gefunden hatte. Dann drehte sie sich ganz verwirrt auf ihrem Stuhl um.

»Ich verstehe das alles nicht«, sagte sie. »Wenn Mr. Beale meinem Vater auf der Spur ist, wird er doch bestimmt aus diesem Brief entnehmen, daß ich zu ihm gefahren bin.«

»Lassen Sie mich sehen, was Sie geschrieben haben«, sagte Harding kühl und blickte ihr über die Schulter.

»Ja«, sagte er, »das genügt.«

»Genügt?«

»Genügt, um Beale auf eine falsche Fährte zu bringen.«

»Ich verstehe Sie nicht ...«

»Sie werden mich gleich verstehen, wenn ich Ihnen sage, daß Ihr Vater längst tot ist. Die ganze Geschichte, die ich Ihnen gerade über Beale und seine Aufgabe erzählt habe, ist nicht wahr.

Tatsache ist aber, daß Sie aus Gründen, die ich Ihnen nicht sagen kann, meine Frau werden müssen.«

Sie fuhr entsetzt zurück. Plötzlich wurde ihr klar, daß sie sich in äußerster Gefahr befand. Ein kalter Schauer überlief sie.

»Ihre Frau?« wiederholte sie. »Sie sind ja wahnsinnig, Doktor!«

»Im Gegenteil, ich war nie in meinem Leben vernünftiger. Wenn mein Freund Beale sich nicht eingemischt hätte, dann wäre unsere Liebesgeschichte« – er lächelte süßsauer – »wohl etwas glatter verlaufen, als es nun der Fall ist. Passen Sie gut auf, Miss Cresswell, ich werde ganz offen mit Ihnen reden: Wenn Sie damit einverstanden sind, mich zu heiraten, lassen wir uns sofort trauen. Sobald die Zeremonie auf dem Standesamt vorbei ist, werde ich mich von Ihnen trennen. Ich zahle Ihnen dann eine jährliche Rente von dreitausend Pfund und verspreche außerdem, mich niemals auf irgendeine Weise in Ihre Privatangelegenheiten einzumischen oder Ihre Gesellschaft zu suchen.«

»Sie sind wirklich verrückt«, entgegnete sie wütend. »Es fällt mir nicht ein, Sie unter irgendeiner Bedingung zu heiraten, auch nicht für dreißigtausend Pfund im Jahr. Und jetzt verlassen Sie meine Wohnung, je schneller, desto besser!«

Sie ging zur Tür und riß sie auf. Erschrocken wich sie zurück, zwei Männer standen vor ihr, die ohne Zögern eintraten und die Tür hinter sich schlossen. – »Was wollen Sie ...«

Weiter kam sie nicht, denn in diesem Augenblick wurde ihr ein Wattebausch auf das Gesicht gepreßt. Sie holte verzweifelt Luft, um zu schreien, spürte dabei einen süßlich betäubenden Geruch und merkte dann nur noch, wie sie in den Knien einknickte und zu Boden sank.

»Sieh nach, ob der Weg frei ist, Gregory – und mach die Tür zu meiner Wohnung auf!« rief der Doktor und hob die Bewußtlose hoch. Er lief mit ihr über den Gang in seine Wohnung und verschloß hinter sich und den beiden Männern sorgfältig die Tür.

11

Margaret Cresswell konnte sich an nichts erinnern. Sie merkte nicht, wie man sie in eine der hohen Kisten steckte, und sie hörte auch nicht, wie Beale mit Dr. Harding sprach und von ihm im Schlafzimmer eingeschlossen wurde. Nur einen Moment hatte sie das Bewußtsein wiedererlangt und geschrien, aber auch daran konnte sie sich später nicht mehr erinnern.

Auch die beiden Männer waren jeder in einer Kiste verschwunden, als Beale geklopft hatte. In dem Moment, als der Doktor seinen Rivalen im Schlafzimmer eingeschlossen wußte, flüsterte Harding den Männern, die wieder aus ihren Kisten kletterten, zu: »Schnell, tragt die Kiste mit dem Mädchen in ihre Wohnung. Die Tür ist offen – aber leise!«

»Was sollen wir dort tun?«

»Warten, bis ich zu euch komme!«

Die Männer liefen mit der Kiste quer über den Gang, rannten in Margarets Wohnung, und der Doktor schloß hinter ihnen die Tür. Nachdem er Beale herausgelassen hatte, wartete er, bis der die Treppe hinunterraste. Dann ging er zu Margarets Tür, öffnete sie und trat ein. Innerhalb von zehn Sekunden wurde das Mädchen aus der Kiste herausgenommen und auf ihr Bett gelegt. Die Kiste trugen die Männer zurück in das Arbeitszimmer und gingen dann wieder in Margarets Wohnzimmer.

Harding hatte das Licht im Schlafzimmer angeknipst und bemerkte jetzt, daß einer von Margarets Schuhen fehlte. Schnell streifte er noch den andern ab.

»Wartet hier«, sagte er zu den Männern, »bis ihr Beale zurückkommen hört, dann verschwindet. Auf dem Weg hinunter laßt ihr den Schuh auf der Treppe liegen. Das wird unsern Freund auf eine falsche Spur bringen.«

Eine halbe Stunde nach der Entdeckung des Schuhs auf der Treppe verließen Beale, Mr. Kitson und der Inspektor das Haus.

Der Doktor schaute den drei Männern vom Fenster seines Wohnzimmers aus nach und ging dann zurück in die Wohnung des Mädchens. Sie lag noch genauso da, wie er sie verlassen hatte. Ihr war schwindlig und übel, und sie blinzelte, als er das Licht anknipste.

»Wie geht es Ihnen nun, mein Kind?« fragte er sie freundlich.

Sie gab keine Antwort.

»Wirklich, Sie dürfen mir nicht böse sein«, sagte er. »Sie werden sich daran gewöhnen müssen, ein wenig höflicher mit mir umzugehen und meine Gesellschaft zu ertragen. Stehen Sie jetzt bitte auf und ziehen Sie Ihren Mantel an.«

Sie sah, daß er ein Glas in der Hand hielt, in dem sich eine weiße Flüssigkeit befand.

»Trinken Sie das«, sagte er.

Sie schob es weg.

»Trinken Sie ruhig! Sie glauben doch nicht, daß ich Sie vergiften will! Ich will sie auch nicht betäuben, sonst hätte ich Ihnen einfach etwas mehr Äther gegeben. Dies ist nur ein Mittel gegen Kopfschmerzen.«

Sie nahm das Glas mit zitternder Hand und trank. Es schmeckte bitter und brannte ihr im Hals, aber die Wirkung war erstaunlich. Nach einigen Minuten fühlte sie sich wohl, und die Kopfschmerzen waren verschwunden.

»Jetzt ziehen Sie Ihren Mantel an, setzen Ihren Hut auf und packen ein paar Kleinigkeiten ein, die Sie für eine Reise brauchen.«

»Das werde ich keinesfalls tun, und ich rate Ihnen, Dr. Harding, mich jetzt allein zu lassen, bevor ich die Polizei benachrichtige.«

»Ziehen Sie Hut und Mantel an«, antwortete er ruhig, »und reden Sie keinen Unsinn. Sie glauben doch nicht im Ernst, daß ich das alles riskiert habe, um Sie jetzt entwischen zu lassen?«

»Dr. Harding«, sagte sie. »Wenn Sie auch nur eine Spur von Anstand besitzen, dann gehen Sie jetzt!«

Er lachte ein wenig.

»Eine solche Bitte ist wirklich nur Zeitverschwendung, Miss Cresswell«, sagte er, »und ich werde keinen Augenblick zögern, andere Mittel anzuwenden, wenn Sie nicht gutwillig mit mir kommen.«

Seine Stimme war ruhig, aber eindringlich. Sie zweifelte nicht daran, daß er seine Drohung wahrmachen würde.

»Wo werden Sie mich hinbringen?«

»An einen Ort, wo Sie sicher sind. Wenn ich sicher sage«, fügte er hinzu, »so meine ich – für mich sicher. Sie haben nichts zu befürchten, wenn Sie sich nach meinen Anweisungen richten. Ich warne Sie nur davor, auf der Straße um Hilfe zu rufen, denn in diesem Fall könnte ich nicht für Ihr Leben garantieren.«

Sie stand am anderen Ende ihres Bettes und hielt sich daran fest. Ihr Gesicht war weiß geworden.

»Überlegen Sie nicht lange, ziehen Sie sich endlich an!«

Seine Stimme klang jetzt ungeduldig, und sie gehorchte sofort. In wenigen Minuten war sie fertig. Er führte sie hinunter und hielt dabei leicht ihren Arm fest. Auf der Straße wandte er sich scharf nach links, ließ sie aber nicht los. Für den zufälligen Beobachter – aber es waren um diese Zeit in den düsteren, schlecht beleuchteten Gassen, durch die er sie führte, nur noch wenige Passanten unterwegs – hätten sie als Liebespaar gelten können.

In der Nähe von Portland Place wartete ein Auto. Der Doktor öffnete die Tür, schob sie hinein und folgte ihr rasch.

»Wo fahren sie mich hin?« fragte sie.

»In ein sehr schönes Haus im Themsetal«, sagte er. »Früher, als ich glaubte, daß es für mich einfacher wäre, Sie mit Ihrer Einwilligung zu heiraten, habe ich gedacht, daß dieses Haus ein hübscher Ort für Flitterwochen sei.« Er merkte, wie sie vor ihm zurückwich. »Machen Sie sich bitte keine Sorgen; im Grunde bin ich froh, daß die Dinge diese Wendung genommen haben – ich mache mir nicht viel aus Frauen.«

»Was haben Sie denn vor?« fragte sie. »Sie können doch nicht ernstlich glauben, daß Sie Mr. Beale entkommen. Er wird mich finden.«

Er lachte vor sich hin.

»Mr. Beale ist zwar ein ausgezeichneter Detektiv, aber in diesem Fall wird er versagen. Auch die Geschicklichkeit, mit der er eingeschriebene Briefe in die Taschen des armen Mr. White praktizierte, kann ihm hier nicht weiterhelfen«, sagte er höhnisch.

Sie antwortete nicht, aber innerlich kochte sie vor Wut, daß er so geringschätzig von Mr. Beale sprach. Sie hatten inzwischen die Stadt verlassen, als sie das Gespräch wieder anknüpfte.

»Vielleicht haben Sie die Liebenswürdigkeit und teilen mir wenigstens mit, was Sie mit mir vorhaben?«

Er schaute sie nachdenklich an und antwortete erst nach einiger Zeit.

»Was ich mit Ihnen vorhabe? Nun, ich werde Sie heiraten.«

»Und wenn ich mich weigere?«

»Das werden Sie nicht tun. Ich biete Ihnen einen guten Ausweg aus dieser Situation an, denn wenn Sie erst mit mir verheiratet sind, besteht für Sie keinerlei Gefahr mehr.«

»Aber warum wollen Sie mich denn unbedingt heiraten?« fragte sie verwirrt. »Sie sind nicht einmal in mich verliebt, ich habe keinerlei gesellschaftliche Stellung und auch keinen Pfennig Geld.«

»Eine Laune von mir«, sagte er leichthin.

»Und wenn ich mich unter allen Umständen weigere?«

»Dann«, sagte er bedeutungsvoll, »werden Sie es bereuen.«

In seiner Stimme lag eine solch kalte Bösartigkeit, daß sie erschrak. Einen Augenblick war sie niedergedrückt von der Hoffnungslosigkeit ihrer Lage. Aber dann siegte ihr natürliches Selbstvertrauen. Wenn er von ihr einen Wutausbruch erwartet hatte oder einen hysterischen Hilfeschrei, so hatte er sich getäuscht.

»Ich nehme an, Sie sind einer jener vollkommenen Verbrecher, von denen man manchmal liest«, sagte sie, »einer, der auf alles vorbereitet und davon überzeugt ist, daß niemand auf der Erde so gerissen sein kann wie er selbst.«

»So ähnlich«, lachte er.

Sie unterdrückte ihre Wut und versuchte, ruhig zu bleiben.

»Sie haben also alles vorbereitet und jede nur mögliche Sicherungsmaßnahme getroffen, wie?« sagte sie nach einer Pause.

»Darauf können Sie sich verlassen«, entgegnete er. »Heiratslizenz, Pfarrer, sowie der Ort, wo Sie Ihre einsamen Flitterwochen verbringen werden, nachdem Sie ein paar Dokumente unterschrieben haben – alles ist bereit.«

»Ach so«, sagte sie, »ich muß Dokumente unterschreiben, um zu bezeugen, daß ich Sie aus freiem Willen geheiratet habe?«

»Aber nein, durchaus nicht«, sagte er. »Was Sie unterschreiben müssen, das werden Sie schon noch zur richtigen Zeit erfahren. – Wir sind übrigens da.«

Der Wagen war von der Hauptstraße abgebogen und hielt vor einem großen, dunklen Gebäude. Sie stiegen aus, eine Tür öffnete sich, und gleich darauf standen sie in einer altmodisch eingerichteten Halle.

In dem Mann, der sie eingelassen hatte, erkannte sie den einen der beiden Männer wieder, die an diesem Abend in ihre Wohnung gekommen waren.

»Der Herr hier heißt Gregory«, sagte der Doktor. »Wenigstens nennt er sich zur Zeit so.«

Der Mann lächelte und führte sie in einen angrenzenden Raum.

»Das ist das Wohnzimmer«, sagte Harding. »Und hier wird die Trauung vollzogen werden – wenn Sie das interessiert. Ihr Zimmer liegt genau darüber.«

Die beiden nahmen sie in die Mitte und stiegen mit ihr eine Treppe hinauf. Oben wurde sie in ein Zimmer geschoben, dessen Fenster mit schweren Vorhängen verhängt waren. Er bemerkte ihren Blick und nickte.

»Die Fenster sind natürlich vergittert«, sagte er. »Geben Sie sich also keine Mühe. Übrigens können Sie von Glück sagen, daß Sie den einzigen Raum im Haus mit anschließendem Bad haben. Und jetzt entschuldigen Sie mich bitte – hier stehen Essen und Tee, bedienen Sie sich.«

Er drehte sich um und ging mit Gregory hinaus. Sie hörte, wie er die Tür hinter sich verschloß und verriegelte.

12

Als Beale seine Wohnung mit seinen beiden Begleitern verlassen hatte, war er sich durchaus nicht im klaren darüber, wo er mit seinen Nachforschungen beginnen sollte. Er mußte sich sagen, daß er sich in dieser Sache bis jetzt nicht sehr klug benommen hatte und daß dies vielleicht zum Teil darauf zurückzuführen war, daß sein Scharfsinn durch das persönliche Interesse, das er an seiner Klientin nahm, getrübt worden war. Als sie auf die Straße traten, kam ein Mann, der sich im Hauseingang des gegenüberliegenden Hauses aufgehalten hatte, zu ihnen herüber.

»Fenson«, sagte Beale, »beobachten Sie das Haus. Wenn Sie ein Auto vor der Tür halten sehen, dann lassen Sie niemand einsteigen, bevor Sie sich nicht überzeugt haben, daß es nicht Miss Cresswell ist. Wenn nötig, machen Sie von der Waffe Gebrauch – jedes Mittel ist recht, um diesem Schurken beizukommen.«

»Wo wollen Sie jetzt hingehen?« fragte Kitson.

»Ich suche einen Mann auf, der mir hoffentlich Informationen über andere Aufenthaltsorte Hardings geben kann.«

»Hat er denn mehrere Wohnungen?« fragte Kitson erstaunt.

»Seit drei Monaten mietet er alle möglichen Gebäude«, entgegnete Beale, »und das auf so geschickte Art, daß er selbst nie offiziell als Mieter auftritt.«

»Und was hat er denn damit vor, um Himmels willen?«

»Das werden wir eines Tages schon noch erfahren«, erwiderte Beale bedeutungsvoll. »Ich will Ihnen noch etwas sagen, meine Herren: Es gibt keinen aus seiner Bahn geworfenen Wissenschaftler – ob in England, in Frankreich oder in Amerika –, der nicht für ihn arbeitet. Und nun auf Wiedersehen ...«

»Sie brauchen keine Hilfe?« fragte der Inspektor.

»Noch nicht«, meinte Beale lächelnd. »Mit dem Professor werde ich schon allein fertig.«

An der Südseite der Themse liegt zwischen der Waterloo und Blackfriars Road ein übervölkerter Bezirk. Hier stehen alte, schmalbrüstige Häuser neben großen Mietskasernen, an die sich moderne Arbeitersiedlungen anschließen.

Im Kellerraum eines der alten Häuser saßen zwei Männer, die einander so unähnlich waren wie nur möglich. Der Raum selbst war schmutzig und kahl. Es standen nur die nötigsten Möbel darin.

Die beiden Männer saßen sich an einem Tisch gegenüber. Eine nackte Birne, die von der Decke herunterhing, warf grelles Licht auf ihre Arbeit. Der Ältere der beiden beugte sich über ein Mikroskop. Von Zeit zu Zeit unterbrach er seine Beobachtung, um Zahlen auf ein Blatt Papier zu kritzeln. An seinem großen Kopf und den langen, ungeschickten Armen hätte ihn Margaret Cresswell sofort erkannt. Es war Professor Speranza.

Der Mann ihm gegenüber war aus anderem Holz geschnitzt: groß, hager, fast asketisch aussehend. Das glattrasierte, scharfgeschnittene Gesicht deutete auf eine Herkunft, die im Gegensatz zu seiner fadenscheinigen Kleidung stand. Er las in einem dicken Buch.

Ein Klopfen an der Tür ließ sie beide hochfahren. Der Professor erhob sich, schlürfte zur Tür hinüber, schob den Riegel zurück und öffnete. Draußen stand Mr. Beale.

»Hoffentlich störe ich nicht«, sagte er freundlich. »Ich glaubte, Sie wohnten allein.«

Er sprach italienisch, die Sprache, die dem Professor am geläufigsten war.

»Oh, nur ein Freund von mir«, entgegnete Speranza mit sichtlichem Unbehagen. »Wir wohnen zusammen.«

»Willst du uns nicht miteinander bekannt machen?« sagte der Mann am Tisch kühl.

Der Professor schaute zweifelnd von einem zum andern.

»Mein Freund, Mr. Mint.«

»Mr. Mint«, wiederholte Beale und streckte dem andern seine Hand entgegen. »Mein Name ist Beale.«

Der Mann warf ihm einen scharfen Blick zu.

»Kriminalpolizei, wie? Oder mein Instinkt läßt mich im Stich.«

»Sie haben nur teilweise recht«, lächelte Beale. »In dem Sinn, wie Sie es meinen, bin ich kein Polizist – und außerdem ist mein Besuch hier rein privater Natur.«

»Das will ich hoffen«, sagte der andere und setzte sich wieder. »Andernfalls wären Sie ja auch nicht allein gekommen. – Um Mißverständnisse zu vermeiden, Mr. Beale, möchte ich Sie gleich darauf aufmerksam machen, daß ich ein Berufsverbrecher bin. Dieser luxuriöse Raum hier ist meine Bleibe, wenn ich nicht gerade im Kittchen sitze. Als Dieb führt man eben ein bewegtes Leben. Früher war das einmal anders – ob Sie es glauben oder nicht, ich war Pfarrer.«

Seine Stimme und sein Benehmen waren die eines gebildeten Mannes. Seltsamerweise glaubte ihm Beale auch ohne weiteres.

»Mich bringt so leicht nichts in Verwunderung«, erwiderte er und warf einen Blick auf den Professor.

»Ich sehe«, sagte der seltsame Pfarrer, »daß ich überflüssig bin. Unglücklicherweise kann ich nicht auf die Straße gehen, ohne meine Verhaftung zu riskieren. Wenn Sie also nichts dagegen haben, werde ich mich in mein Schlafzimmer zurückziehen und mir Watte in die Ohren stopfen.«

»Nicht nötig«, lächelte Beale. »Der Professor wird wohl vor Ihnen wenig Geheimnisse haben.«

Der Pfarrer verabschiedete sich mit einer eleganten Handbewegung, stand auf und ging in den hinteren Teil des Raumes, wo ein schmutziger Vorhang gespannt war. Im nächsten Augenblick war er dahinter verschwunden, und man hörte, wie er sich auf irgendein Lager fallen ließ.

»Ich untersuchte gerade das Blut eines Schlafkranken. Das tropische Institut hat mir liebenswürdigerweise eine Probe überlassen«, begann der Professor unsicher.

»Professor«, sagte Beale, setzte sich auf den freigewordenen Stuhl des Pfarrers und beugte sich über den Tisch, »arbeiten Sie immer noch für Harding?«

»Über den Dottore möchte ich nicht sprechen«, sagte er. »Zu mir ist er immer sehr liebenswürdig gewesen. Bedenken Sie bitte, Signor Beale, daß ich in diesem Land verhungern würde, wenn mir nicht der Dottore geholfen hätte. Und wer mir geholfen hat, dem bin ich dankbar. Auch Ihnen bin ich dankbar«, fügte er schnell hinzu, »denn Sie waren sehr freundlich zu mir und haben mich einmal sogar vor dem Gefängnis bewahrt.«

Er zuckte unschlüssig die Schultern.

»Sagen Sie mir, Professor«, fragte Beale, »wo kann ich heute nacht den gelehrten Doktor finden?«

»In seinem Laboratorium, wo denn sonst!« antwortete der Professor.

»Eben – wo denn sonst?« wiederholte Beale.

»Ich darf nichts sagen«, entgegnete der Alte. »Der Dottore beschäftigt sich mit einem Experiment, das ihm ein Vermögen einbringen soll. Wenn ich ihn verrate, wird er vielleicht ruiniert sein. Das wäre sehr undankbar von mir, Mr. Beale!«

Ein Schweigen folgte, und der alte Professor fühlte sich sichtlich unbehaglich.

»Und wenn ich Ihnen sage, daß der Signor Dottore in eine gefährliche Verschwörung verwickelt ist?« sagte Beale. »Und daß Sie sich selbst in größter Gefahr befinden, wenn Sie ihm helfen – was dann?«

»Der Dottore hat viele Feinde«, murmelte Speranza. »Aber ich kann Ihnen nichts sagen, Signor Beale.«

»Nur das eine noch«, fragte Beale, »können Sie mir vielleicht den Ort nennen, an den der Doktor eine junge Dame gebracht hat? – Dieselbe Dame, in deren Zimmer ich Sie an jenem Abend fand.«

»Die junge Dame?« Der alte Mann war sichtlich bestürzt. »Nein, nein, Signor Beale, davon weiß ich nichts, ich kenne auch keinen solchen Ort.«

»Nun«, sagte Mr. Beale nach einer Pause, »ich sehe schon, daß ich nichts weiter von Ihnen erfahren kann, Professor.« Er blickte nach dem Vorhang. »Und ich will Sie auch nicht länger belästigen, Mr. Mint.«

Der Vorhang wurde auseinandergeschoben, und der asketisch aussehende Mann trat mit einem leichten Lächeln näher.

»Ich fürchte, dieser Besuch hat Sie enttäuscht«, sagte er liebenswürdig, »und da Sie gerade im Begriff sind, mich zu fragen, ob ich Ihnen helfen kann, so muß ich leider antworten: nein.«

Beale lachte schallend.

»Sie sind kein guter Gedankenleser«, erklärte er. »Ich hatte keine derartige Absicht.«

Er nickte dem alten Mann und seinem Freund zu und wollte gehen, als es plötzlich an die Tür klopfte. Er bemerkte, daß die beiden Männer Blicke tauschten und sichtlich erschraken. – Das Klopfen wurde ungeduldig wiederholt.

»Erlauben Sie«, sagte Beale und trat zur Tür.

»Warten Sie, warten Sie«, stammelte der Professor hilflos, aber Mr. Beale war schon bei der Tür und öffnete. Ein Mädchen stand davor, in der er sofort Hilde Gordon, die frühere Kollegin von Margaret Cresswell, erkannte.

Ohne ihn zu beachten, trat sie schnell ins Zimmer und stellte eine große Tasche, die sie mitgeschleppt hatte, auf den Boden.

»Warum haben Sie nicht schneller aufgemacht?« fragte sie ärgerlich. »Ich glaubte schon, daß ich erwischt würde. Hier ist die Tasche, sie wird morgen abgeholt.«

Dann erst bemerkte sie Beale, und sie errötete.

»Wer – wer sind Sie?« stammelte sie und fügte dann schnell hinzu: »Ich kenne Sie doch. Irgendwo habe ich Sie schon gesehen ...«

Bevor er erraten konnte, was sie vorhatte, packte sie plötzlich die Tasche und stürzte zur Tür. Mit einem Sprung war er bei ihr und riß sie herum. Sie stolperte, die Tasche flog ihr aus der Hand und fiel auf den Boden. Beale hörte das Splittern zerbrechenden Glases.

Im nächsten Augenblick hatte sie die Tasche wieder aufgehoben, war durch die offene Tür gerannt und schlug sie hinter sich zu. Er riß die Tür wieder auf – mit einigen Sätzen mußte er das Mädchen erreicht haben, da ...

»Hände hoch, Mr. Beale! Und zwar ein bißchen plötzlich!« rief eine Stimme hinter ihm.

Er blieb mit einem Ruck stehen, drehte sich langsam um und hob dann folgsam die Hände hoch – Mr. Mint, der noch am Tisch saß, hielt den Lauf einer Respekt einflößenden Pistole auf ihn gerichtet.

»Unangenehm, wie?« fragte er freundlich.

Beale hatte einen seltsamen Geruch eingeatmet und wußte, daß dieser Geruch aus der Reisetasche des Mädchens gekommen war. Es war der widerliche Geruch des ›grünen Brandes‹.

13

Margaret Cresswell hatte die Ellbogen auf das breite Fensterbrett gestützt und preßte ihr Gesicht gegen die kalten Gitterstäbe des Fensters. Die Morgensonne drang langsam durch den dichten Nebel. Sie hatte die Nacht in einem Sessel verbracht, gegen Morgen ein Bad genommen und sich dann gleich wieder angekleidet. Während der ganzen Nacht hatte sie kein Geräusch gehört; sie nahm an, daß Harding nach London zurückgekehrt war.

Ihr Zimmer lag im ersten Stock und ging nach hinten hinaus. Die Aussicht beschränkte sich auf das, was zwischen zwei großen Fliederbüschen lag, die fast bis zu ihrem Fenster reichten.

Das Haus stand am Abhang eines Hügels, und man hätte aus ihrem Fenster direkt auf einen schönen Rasen hinaustreten können, wenn dem nicht zwei wesentliche Hindernisse im Weg gestanden hätten: einmal das Gitter, das vor ihrem Fenster angebracht war, und dann ein betonierter, tiefer Graben, der zu breit zum Überspringen war.

Sie konnte aber sehen, daß sich das Grundstück ziemlich weit ausdehnte. Die hohe Mauer, die den Garten offenbar von der Landstraße trennte, war mehr als hundert Meter entfernt. Zwischen den im Winde hin und her schwankenden Büschen konnte sie eine kleine braune Gittertür erkennen. Müde kehrte sie dem Fenster den Rücken und setzte sich auf den Rand des Bettes. Angst hatte sie keine, aber das Gefühl ihrer Ohnmacht verbitterte sie mehr und mehr.

Weshalb nur wollte dieser Mann, dieser Harding, sie heiraten, wenn er nicht einmal in sie verliebt war? Und warum hatte er sie gewaltsam entführt?

Diese Fragen gingen ihr durch den Kopf, als es plötzlich an ihre Tür klopfte und eine rauhe Stimme rief: »Frühstück!«

Sie schob den Riegel zurück, und der Mann, der sich Gregory nannte, kam herein. Er zeigte mit seinem Daumen auf das gegenüberliegende Zimmer.

»Sie können beide Zimmer benutzen; aber herunterkommen dürfen Sie nicht«, sagte er. »Ich habe Ihr Frühstück dort hineingestellt.«

Sie ging über den Flur und trat in ein einfach eingerichtetes Wohnzimmer. Auf dem Tisch stand ein reichliches Frühstück. Bevor sie weitere Nachforschungen anstellte, aß sie erst einmal mit gesundem Appetit.

Eine halbe Stunde später kam der Mann wieder herauf, um den Tisch abzuräumen.

»Würden Sie so freundlich sein und mir sagen, wo ich bin?« fragte Margaret.

»Ich werde Ihnen gar nichts sagen«, antwortete Gregory.

»Ich nehme an, Sie wissen, daß es ein Verbrechen ist, mich hier festzuhalten?«

»Erzählen Sie das dem Doktor«, entgegnete er mit einem seltsamen Lächeln.

Sie ging ihm nach, um festzustellen, wie sie bewacht wurde und welche Fluchtmöglichkeiten bestanden. Auf der obersten Treppenstufe stellte er das Tablett ab, zog zwei Schiebetüren aus den Wänden und ließ sie vor ihrer Nase zuschnappen. Es war ihr klar, daß es keine Möglichkeit gab, in dieser Richtung zu entkommen.

Margaret fing nun an, das andere Zimmer genauer zu betrachten. Auch hier waren die Fenster vergittert. Ein kleines, mit theologischen Büchern vollgepfropftes Regal stand da. Eine entfernte Kirchenglocke begann zu läuten, und es fiel ihr ein, daß heute Sonntag war. Sie schaute auf ihre Uhr. Es war schon beinahe elf Uhr.

Das Fenster bot auch keinen besseren Ausblick als das in ihrem Schlafzimmer, nur daß sie die kleine braune Gittertür etwas deutlicher sehen konnte und außerdem noch ein an die Mauer angebautes niedriges Gebäude. Sie renkte sich beinahe den Hals aus, um nach rechts und links schauen zu können, aber das dichte Gebüsch versperrte jede Aussicht.

Nach einer Weile hörte das Läuten auf, und sie begann wieder, das Zimmer zu untersuchen. In einem altmodischen Schreibtisch fand sie einige Bogen Papier, eine Feder und eine volle Flasche mit Tinte. Dann ging sie wieder zum Bücherregal und betrachtete die Titel einiger Bücher. Auf den Titelblättern stand überall der Name L. T. B. Stringer. Sie war überzeugt, daß hier ein Pfarrer gewohnt hatte, kein anderer hätte sich eine solche Bibliothek zusammengestellt. Plötzlich hatte sie eine Idee. Gab es nicht ein Verzeichnis der Pfarrer in England? Sie nahm ein Buch nach dem andern aus dem Regal und fand endlich, was sie suchte: ›Crockers Verzeichnis der Geistlichen‹. In dem Buch stand unter dem Buchstaben S: ›Stringer, Lawrence Thomas Benjamin, Pfarrer von Upper Staines, wohnhaft in Deans Folly, Upper Reach bei Staines.‹

Ihre Augen blitzten. Sie wußte sofort, daß sie die Lage ihres Gefängnisses herausgefunden hatte. Harding mußte das Haus möbliert gemietet haben, wahrscheinlich vom Pfarrer selbst oder von seiner Witwe. Sie durchsuchte jetzt das Zimmer mit fieberhafter Hast. In der Nähe des Fensters befand sich ein eingebauter Kasten. Sie öffnete ihn und entdeckte einen kleinen Speisenaufzug, der vermutlich zur Küche führte.

Dann setzte sie sich an den Tisch, nahm ein Telegrammformular in die Hand, das sie ebenfalls in dem Schreibtisch gefunden hatte, und schrieb nach einiger Überlegung:

Beale, Kroomanhaus.

Das strich sie jedoch wieder aus, weil sie sich erinnerte, daß er eine Telegrammadresse hatte, und schrieb dafür:

›Besocity, London.
Bin eingesperrt Pfarrhaus Deans Folly in Upper Reach bei Staines, Margaret.‹

Nach einigem Zögern fügte sie noch ›Cresswell‹ hinzu.

In ihrer Tasche fand sie ein Dreishillingstück und wickelte es in das beschriebene Telegrammformular ein. Es war ihr nicht ganz klar, wer dieses Telegramm befördern sollte; jedenfalls waren die Postämter auf dem Land am Sonntag geschlossen. Aber sicher kamen wochentags Lieferanten ins Haus. Die Küchentür mußte irgendwo unter ihren Fenstern liegen.

Vielleicht war es möglich, daß sie die Botschaft einfach hinunterwarf.

Mit diesem Gedanken steckte sie das Papier in ihre Bluse. Verzweifelt fuhr sie dann mit der Durchsuchung ihres Zimmers fort. Der Aufzug fiel ihr wieder ein, und sie öffnete seine Tür. Zwei

Seile waren in dem Schacht zu sehen, an dem einen war der Aufzug befestigt, mit dem anderen wurde er herauf und hinunter gezogen.

Sie folgte einem plötzlichen Einfall und versuchte, in den Kasten hineinzukriechen. Zu ihrem eigenen Erstaunen war es ihr möglich, sich mit Mühe und Not in das winzige Gelaß zu quetschen. Mit der Hand konnte sie ein Seil erreichen und beförderte sich daran Griff um Griff nach unten. Mühsam stieß sie die Tür auf und stand gleich darauf in einer großen, fast leeren Küche. Auf Zehenspitzen schlich sie sich durch den Raum zur Küchentür, die verriegelt und verschlossen war. Glücklicherweise steckte der Schlüssel im Schloß, und in zwei Minuten war sie draußen in einem kleinen Hof, der tiefer lag als der Garten selbst.

Am Ende des Hofs stand ein Schuppen, neben dem ein eisernes Gartentor offensichtlich in die Freiheit führte. Klopfenden Herzens lief sie darauf zu, schob mit bebenden Händen den Riegel zurück und drückte auf die Klinke. Mit einem gräßlichen Quietschen drehte sich die Tür in ihren Angeln. Mit aller Kraft stieß sie sie noch weiter auf, als sie plötzlich mit einem Aufschrei entsetzt zur Seite taumelte: Die Tür des Schuppens neben ihr hatte sich geöffnet, und in ihr stand eine gespenstische Erscheinung. Die Gestalt war von Kopf bis Fuß in ein weißes Gewand eingehüllt, das mit grünen Flecken übersät war. Der Kopf steckte in einer Gummimaske, aus der zwei grüne Augen sie anstierten.

Einen Augenblick stand sie wie erstarrt – bis ihr klar wurde, daß sie hier keinem Gespenst begegnet war, sondern einem Mann, der in einer Art Schutzanzug steckte. Sie sprang wieder zur Tür, aber eine Hand ergriff ihren Arm und riß sie zurück. Draußen auf der Straße hörte sie ein fröhliches Pfeifen, sie erinnerte sich an das Päckchen, zog es heraus und warf es über die Mauer. Es schlug drüben auf den Boden, und das Pfeifen hörte auf.

Dann legte die greuliche Gestalt den Arm um sie und drückte eine muffig riechende Hand auf ihren Mund. Sie wurde ohnmächtig.

14

»Von einem Mann mit einer Pistole in Schach gehalten?« fragte James Kitson. »Unglaublich, daß so etwas heute noch möglich ist. Wir leben doch nicht in Chicago.«

»Es klingt unwahrscheinlich«, entgegnete Beale, »aber leider habe ich es selbst erlebt.«

»Dieser angebliche Pfarrer«, sagte Kitson, »gehört wohl zu der Bande?«

Beale schüttelte den Kopf.

»Ich glaube nicht. Er wird von Harding vielleicht mit einer Sonderaufgabe betraut worden sein . . .«

»Sonderaufgabe?«

»Eines Tages werde ich Ihnen Hardings Plan auseinandersetzen, und dann werden Sie mich verstehen«, erwiderte Beale. »Gestern trat Mr. Mint lediglich als Kavalier auf, der einer jungen Dame beisprang – ob er das nun aus Zuneigung für die Dame tat oder aus einer allgemeinen Abneigung gegen Kriminalbeamte, kann ich nicht feststellen. Auf jeden Fall hielt er mich so lange in Schach, bis das Mädchen samt seiner Tasche außer Sicht war – und dann bestand für mich keine Notwendigkeit mehr, aufzubrechen. Ich habe mich noch einmal hingesetzt und mich mit ihm unterhalten, und ich muß sagen, daß ich selten einen so liebenswürdigen und kultivierten Herrn kennengelernt habe.«

»Das sieht Ihnen gar nicht ähnlich, Beale«, entgegnete der andere, »daß Sie mit einer Unterhaltung Zeit verlieren. Ich glaubte, Sie seien dazu zu scharf auf der Spur.«

»Bin ich auch«, sagte Beale nachdenklich. Dann sah er plötzlich Mr. Kitson voll ins Gesicht. »Tatsächlich habe ich große Sorgen. Ich weiß zwar, daß es hier in London nicht so leicht ist zu heiraten wie bei uns in Amerika. Vor allem dürfte es überall gleich schwierig sein, ein Mädchen gegen seinen Willen zu heiraten – und selbstverständlich ist eine solche Trauung gesetzlich ungültig . . . Trotzdem werde ich allmählich nervös.«

»Sie haben recht, was die Trauung anbelangt«, entgegnete Kitson. »Die genauen gesetzlichen Bestimmungen lauten so, daß eine Trauung nur stattfinden darf, wenn die Ehepartner drei Wochen lang in dem Bezirk, wo sie wohnhaft gewesen sind, aufgeboten wurden.« – »Gibt es keinen anderen Weg?«

»Doch, wenn man eine Sondergebühr bezahlt und einen ausreichenden Grund angibt, kann der Erzbischof von Canterbury oder sein Stellvertreter eine Trauung ohne Aufgebot erlauben. Das nennt man eine Sonderlizenz. Eine solche Trauung kann innerhalb weniger Stunden, ganz gleich wo, stattfinden.«

»Gibt es eine Liste der Antragsteller?« fragte Beale schnell.

»Daran habe ich auch schon gedacht«, sagte der Anwalt. »Die kirchlichen Behörden geben aber nur selten die Erlaubnis zur Einsicht. Meine Ansicht ist übrigens, daß Harding auf normalem Wege heiratet, das heißt mit Aufgebot. Um eine Sonderlizenz zu bekommen, müßte er seinen richtigen Namen angeben. Wenn er aber das Aufgebot rechtzeitig bestellt, so kann er getraut werden, auch wenn er einen falschen Namen nennt.«

»Wäre eine unter falschem Namen geschlossene Ehe gültig?«

»Vollkommen. Es würde zwar einen Verstoß gegen das englische Gesetz bedeuten, aber die Heirat wäre deshalb nicht ungültig.«

Stanford Beale studierte aufmerksam das Teppichmuster.

»Besteht die Möglichkeit, daß zwei Lizenzen ausgegeben werden, um ein und dasselbe Mädchen zu heiraten?« fragte er.

»Ausgeschlossen. Wie kommen Sie auf diese Frage?«

Beale antwortete nicht sofort.

»Als ich gestern Mr. Mint direkt nach Miss Cresswell fragte, sagte er: ›Sie meinen wohl die Dame, die den Doktor heiratet.‹ Mehr konnte ich aus ihm nicht herauskriegen, aber er brachte mich auf den Gedanken, dafür zu sorgen, daß Harding keine Sonderlizenz bekommt. Ich will selbst um eine nachsuchen.«

Der Rechtsanwalt starrte ihn an.

»Ohne das Mädchen zu heiraten?« stieß er hervor. »Aber ...«

Mr. Beale lachte.

»Keine Aufregung, Mr. Kitson! Ich denke dabei wirklich nur an Miss Cresswell. Eine Sonderlizenz auf meinen Namen würde Harding wenigstens einen Weg, leicht zu Geld zu kommen, versperren. Bitte sagen Sie mir – das ist eigentlich der Grund, weshalb ich hergekommen bin –, ob John Millinborn das Testament so abgefaßt hat, daß der Gatte durch die Ehe direkt Vorteile erlangt, oder ist er abhängig von dem, was seine Frau ihm gibt?«

»Er hat direkte Vorteile«, antwortete Kitson nach einer Pause. »Er erhält bei der Trauung genau die Hälfte des Vermögens. Das war Millinborns Idee. Er glaubte, daß die Voraussetzungen zu einer glücklichen Ehe größer seien, wenn der Gatte nicht von der Großzügigkeit seiner Frau abhängig zu sein braucht.«

»Ich verstehe. Und das weiß Harding natürlich. Er braucht also nur den Trauschein vorzuzeigen, um zwei Millionen Dollar einzustecken. Das ist der Schlüssel des ganzen Geheimnisses. Harding braucht das Geld schnell, und nach den Bedingungen des Testamentes ...«

»Bekommt er es auch«, fiel Kitson ein. »Wenn er morgen mit dem Trauschein in der Hand zu mir kommt, muß ich ihm seinen Anteil auszahlen, selbst wenn ich weiß, daß er das Mädchen zur Heirat gezwungen hat. – Harding hat meinen alten Freund anscheinend gründlich ausgeholt.« Sein Gesicht wurde hart. »Ich würde alles darum geben, wenn ich diesen Schuft an den Galgen bringen könnte, Beale!«

Seine Stimme zitterte. Er stand plötzlich auf und ging zum Fenster. Nach einer Weile drehte er sich um.

»Ich finde, Ihre Idee hat vieles für sich. Verschaffen Sie sich die Lizenz.«

»Ich glaube, es gibt keinen anderen Weg. Wenn wir wüßten, wo Miss Cresswell ist, könnten wir die Trauung verhindern und Harding belangen, aber ich fürchte, wir finden sie erst, wenn es schon zu spät ist. Bitte stellen Sie einmal folgende Überlegung an: Harding hat ja keinerlei persönliches Interesse an Miss Cresswell; wenn mit einer Heirat für ihn nicht der Gewinn eines großen Vermögens verbunden wäre, würde er sie in Ruhe lassen. Angenommen, ich finde Miss Cresswell, dann wäre es das einfachste, wenn ich sie sofort – möglichst an Ort und Stelle – heiraten könnte. Damit ist dann Hardings Plan zunichte gemacht, und ich garantiere Ihnen, daß er sofort jedes Interesse an ihr verliert.«

»Sie wollen sie also tatsächlich heiraten, um Hardings Absichten zu vereiteln, und später die Heirat für nichtig erklären lassen?« fragte Mr. Kitson kopfschüttelnd. »Das klingt alles sehr phantastisch, und ich muß ehrlich sagen, daß ich nicht viel davon halte. Haben Sie eigentlich schon daran gedacht, daß es gar nicht so leicht ist, eine Ehe wieder zu lösen, wenn sie einmal geschlossen ist?«

»Stimmt«, entgegnete Beale, »phantastisch klingt das Ganze wirklich. Immerhin sehe ich eine Möglichkeit, meine Idee in die Tat umzusetzen. Hören Sie zu: Ich erzählte Ihnen von diesem Pfarrer, Mr. Mint – er war tatsächlich Pfarrer und ist durch irgendeinen Umstand aus seiner Laufbahn geworfen worden. Vorstrafen hat er ohne Zahl, aber er sieht immer noch aus wie ein Gentleman. In anständigen Kleidern würde er durchaus wie ein Pfarrer wirken. Ich schlage vor, daß er mich mit Miss Cresswell trauen soll. Die Trauung wird natürlich eine Scheintrauung sein, aber weder das Mädchen noch Harding werden das wissen. Verstehen Sie?«

»Mit andern Worten, Sie haben vor, eine ungesetzliche Handlung zu begehen«, erwiderte Kitson. »Glauben Sie denn überhaupt, daß dieser Kerl Ihnen helfen würde?«

»Ich glaube es nicht nur, ich weiß es«, erklärte Beale. »Nehmen Sie es mir nicht übel, Mr. Kitson, aber ich habe bereits mit Mr. Mint gesprochen. Die Polizei ist ihm so dicht auf den Fersen, daß er für fünfhundert Pfund und eine Schiffskarte nach Australien bereit ist, alles zu tun. – Übrigens hatte er seltsamerweise am Anfang irgendwelche moralischen Bedenken, die ich ihm aber bald ausredete. Er ist jetzt nach Whitechapel gefahren, um sich die nötigen Kleider zu beschaffen.«

Kitson schüttelte verzweifelt den Kopf.

»Sie überfahren mich völlig, Beale«, sagte er. »Was bleibt mir anderes zu tun übrig, als Ihnen meine Einwilligung zu geben ... Eines muß ich Sie aber doch noch fragen« – er sah dem anderen gerade in die Augen –, »hegen Sie Miss Cresswell gegenüber wirklich keine anderen Gefühle, als sie Ihr Berufsinteresse mit sich bringt?«

Beale wich seinem Blick aus.

»Ich möchte Sie nicht anlügen, Mr. Kitson«, sagte er ruhig.

»Mein Interesse an Miss Cresswell ist durchaus nicht nur beruflicher Natur – aber das spielt jetzt nicht die geringste Rolle, außerdem wird sie es nie erfahren.«

Bald darauf verabschiedete sich Beale und fuhr in seine Wohnung zurück. Um vier Uhr bekam er Besuch. Es war Mr. Mint – frisch rasiert, in einem gutsitzenden schwarzen Gehrock und mit weißem Beffchen.

»Sie sehen ja völlig echt aus«, sagte Beale zufrieden.

»Erzählen Sie mir doch noch einmal genau die Hintergründe der Geschichte«, sagte Mr. Mint ernst. »Mich interessiert es vor allem, ob . . .«

In diesem Augenblick klopfte es kurz an der Tür, und Beale öffnete. McNorton kam herein, und Mint zog sich vorsichtig zurück.

»Alles in Ordnung, Pfarrer«, sagte McNorton. »Ich wußte, daß Sie hier sind. – Was halten Sie davon, Beale?«

Er legte ein Stück zerknittertes Papier auf den Tisch. Es war die obere Hälfte eines Telegrammformulars, die untere Hälfte fehlte.

»An Besocity«, las Beale laut. »Bin eingesperrt Pfarrhaus Deans . . .«

15

»Wo ist der Rest?« fragte Beale.

»Das ist alles«, antwortete McNorton grimmig. »Und mehr werden wir vorerst leider nicht erfahren. Das Stück Papier wurde einem betrunkenen Landstreicher abgenommen, den ein Polizist im Stadium der totalen Volltrunkenheit auf der Landstraße bei Pingston gefunden und ins Polizeirevier gebracht hatte. Der Reviervorsteher, der wie alle Polizeidienststellen von dem Verschwinden Miss Cresswells unterrichtet worden war, hat den Fetzen in Zusammenhang mit ihr gebracht und schickte ihn uns. Leider ist der Vagabund vernehmungsunfähig. Er sieht weiße Mäuse, und der Polizeiarzt mußte ihm eine Injektion geben, um ihn zu beruhigen. Es wird eine ganze Weile dauern, bis er wieder zu sich kommt.« Er drehte sich zu dem Pfarrer um. »Sie wollen also Mr. Beale helfen, wie? Hätte nicht gedacht, daß Sie noch einmal zu Ihrem früheren Beruf zurückkehren.«

Mr. Mint richtete sich steif auf.

»Sie können mich ja festnehmen, wenn Sie etwas gegen mich haben. Was aber meine Privatangelegenheiten angeht, so möchte ich Sie bitten, sich darum nicht zu kümmern.«

McNorton wandte sich wieder Beale zu.

»Was wollen Sie jetzt unternehmen?« fragte er.

»Bin eingesperrt Pfarrhaus Deans ...«, murmelte Beale vor sich hin. »Was für Deans gibt es denn in der näheren Umgebung Londons?«

»Dutzende«, entgegnete der Kriminalbeamte achselzuckend.

»Gibt es einen Ort dieses Namens in der Nähe von Kingston?«

»Nein.«

»Dann muß es der Name des Hauses sein«, sagte Beale. »In den Vororten wird vielen Häusern von ihren Besitzern ein Name gegeben, wie man es auch bei Villen macht.« Er blickte zu Mr. Mint hinüber. »Können Sie uns nicht weiterhelfen?«

Er schüttelte den Kopf.

»Versuchen Sie es mit einem Adreßbuch von Kingston ...«

Beale hob plötzlich die Hand und lauschte. Er hatte einen ihm bekannten Schritt draußen auf dem Gang gehört.

»Das ist Harding«, sagte er leise. »Er ist den ganzen Vormittag fort gewesen.«

»Haben Sie ihn beobachten lassen?« fragte McNorton.

»Leider ist er meinem Mann entwischt.«

Beale ging durch den Vorraum und stand horchend hinter seiner Wohnungstür. Er hörte, wie die Tür des Doktors geschlossen wurde, und kam wieder zurück.

»Auf alle Fälle«, sagte McNorton, »widerlegt diese Nachricht die Aussage Hardings, daß Miss Cresswell nach Liverpool gefahren ist. Wenn man nur genügend Beweise finden könnte, um ihn festzunehmen!«

»Sobald Miss Cresswell in Sicherheit ist«, entgegnete Beale, »werde ich Ihnen Beweise geben, an die Sie nie gedacht hätten.«

»Der grüne Brand?« lächelte der Kriminalbeamte.

»Der grüne Brand.« Beale lachte nicht. »Die Entführung von Miss Cresswell ist für Harding ja nur Mittel zum Zweck. Er braucht Geld, und je nötiger er es braucht, um so energischer wird er alles versuchen, das Mädchen zu heiraten.«

»Aber kein Pfarrer in ganz England würde sie trauen«, unterbrach ihn Mr. Mint. »So etwas gibt es ja gar nicht. Wenn die Frau ihre Zustimmung verweigert, kann eine Trauung einfach nicht stattfinden.«

»Und doch habe ich davor Angst«, sagte Beale. »Sie ist zwar sehr tapfer, aber . . .«

Er hielt inne, denn er hatte wieder das Schließen der Tür des Doktors vernommen. Schnell ging er ans Fenster und machte einem unten auf der Straße wartenden Mann ein Zeichen. Er sah noch, wie der Doktor aus dem Haus trat und die Straße entlangging – gefolgt von seinem Schatten.

»Der Kerl ist wirklich verdammt gerissen. Natürlich ist es in London mit seinen Untergrundbahnen, Omnibussen und vielen Taxis auch nicht leicht, jemand auf den Fersen zu bleiben.«

»Sie wollten uns gerade etwas vom grünen Brand erzählen. Was ist das eigentlich?«

»Ich kann Ihnen nur das eine sagen«, entgegnete Beale leise, »daß der grüne Brand das gefährlichste Attentat auf die Wirtschaft der ganzen kultivierten Welt darstellt, das jemals unternommen wurde.«

Er sah Mr. Mint scharf an.

»Sie brauchen mich nicht so anzusehen«, entgegnete dieser würdevoll. »Ich weiß nichts davon – es sei denn . . . Es sei denn, daß das Geheimnis des Alten . . .«

»Er hat die Finger mit im Spiel«, sagte Beale kurz.

Das Telefon klingelte, und Beale nahm den Hörer ab. Nach einigen knappen Fragen legte er ihn mit einer resignierten Geste wieder auf.

»Der Doktor hat uns schon wieder an der Nase herumgeführt. In der Oxford Street sprang er in ein Auto, das dort auf ihn wartete, und verschwand um die nächste Straßenecke.« Er sah auf seine Uhr. »Ich werde jetzt nach Kingston fahren«, sagte er. »Vorher möchte ich Sie aber noch bitten, mir dieses Leumundszeugnis zu unterschreiben.«

Er legte ein amtlich aussehendes Schreiben auf den Tisch.

»Nanu?« sagte McNorton überrascht. »Ein Gesuch für eine Sonderlizenz? Haben Sie die Absicht zu heiraten?«

»Ganz richtig, und die Dame heißt Miss Cresswell.«

»Hat das auch etwas mit dem grünen Brand zu tun?« erkundigte sich der andere grinsend.

»Sehr viel.«

McNorton verabschiedete sich, und Beale wandte sich an den Pfarrer.

»Morgen bekomme ich die Lizenz«, sagte Beale. »Sie müssen dann jeden Augenblick zu meiner Verfügung stehen.«

»Einen Augenblick noch«, rief Mr. Mint, als Beale seinen Hut aufsetzte und zur Tür ging. »Bevor Sie gehen, möchte ich, daß Sie genau im Bilde sind: Ich mache diese Sache, weil sie mir eine Chance gibt, noch einmal von vorne anzufangen – ein neues Leben zu beginnen, wie man so schön sagt.«

»Ich verstehe Sie sehr gut«, entgegnete Beale ernst.

»Vielleicht tue ich Ihnen alles andere als einen Gefallen.«

»Das muß ich riskieren.«

»Also, dann auf Ihr eigenes Risiko!«

Über Mr. Mints scharfe Züge huschte ein leises Lächeln.

Als Beale zur Haustür hinausging, sah er sich einem Mann gegenüber, der die vielen Namensschilder neben den Klingelknöpfen studierte.

»Suchen Sie jemand?« fragte Beale.

Der Fremde wandte sich ihm zu.

»Sehr liebenswürdig«, sagte er. »Wohnt hier ein Dr. Harding?«

»Der wohnt hier, ist aber augenblicklich nicht zu Hause. Ich bin übrigens ein Freund von ihm. Kann ich ihm etwas ausrichten?«

Der Mann zuckte zusammen und sah ihn argwöhnisch an.

»Es ist eine Angelegenheit von größter Tragweite, die mich zu ihm führt . . .«, entgegnete er zögernd.

»Hat sie mit dem grünen Brand zu tun?« fragte Beale.

»Das kann ich nicht sagen«, erwiderte der Mann schnell. »Den Brief, den ich habe, muß ich ihm sowieso persönlich übergeben. Es ist ein Einführungsschreiben.«

»Ach so, weiter nichts«, sagte Beale enttäuscht. Er fühlte, daß der Mann die Wahrheit sprach.

»Weiter nichts – außer meiner Botschaft natürlich, die ich mündlich übermitteln muß. Ich heiße Star. Vielleicht haben Sie den Doktor schon von mir reden hören. Wir korrespondieren schon längere Zeit miteinander.«

»Natürlich erinnere ich mich daran«, log Beale.

»Daß die Botschaft nur für Dr. Harding bestimmt ist, werden Sie ja verstehen. Übrigens besteht sie nur aus einem Wort, das nur für den Doktor einen Sinn hat.«

Beale nickte verdrießlich und ließ den Besucher stehen.

16

Margaret Cresswell kam wieder zu sich, als sie die Treppe zu ihrem Zimmer hinaufgetragen wurde. Der Mann, der sie so erschreckt hatte, legte sie auf ihr Bett, und sie fühlte sich schon wieder kräftig genug, um sich sofort aufzurichten.

»Mir fehlt nichts – lassen Sie mich allein ...«, sagte sie atemlos.

Der Mann grinste hinter seiner Gesichtsmaske, ging hinaus und schlug die Tür zu.

Sie lief hinüber ins Badezimmer, wusch ihr Gesicht mit kaltem Wasser und ließ sich dann auf einen Stuhl fallen, um ihre Lage zu überdenken. Es war ihr inzwischen klargeworden, daß hinter Hardings Verhalten ihr gegenüber tatsächlich eine tiefere Bedeutung lag. Daß er so darauf versessen war, mit ihr eine Scheinehe einzugehen, mußte einen äußerst wichtigen Grund haben.

Dann konzentrierten sich ihre Gedanken auf den Gegenspieler Hardings, auf Mr. Beale. Sie fühlte, daß ihr dieser Mann in der kurzen Zeit, die sie ihn jetzt kannte, schon viel nähergekommen war als je ein anderer Mensch in ihrem Leben. Der Gedanke an ihn gab ihr ein merkwürdiges Gefühl von Schutz und Geborgenheit, ein Gefühl, das sie selbst in dieser unglücklichen Lage, in der sie jetzt war, nicht verzweifeln ließ.

Schließlich raffte sie sich auf und begann aus Langeweile in der Kommode zu kramen, die neben dem Bett stand. In einer Schublade fand sie zusammengeknüllte Frauenkleider – darunter lagen einige mit losen Blättern gefüllte Schreibmappen. Sie nahm ein Blatt aus einer Mappe und las: Alsiger Hotel, Fournos, Besitzer Miguel Proconnene, Index, 2.

Vor Erstaunen blieb ihr der Mund offenstehen. Schnell überflog sie die anderen Blätter – sie waren alle so angelegt, wie Beale es ihr gezeigt hatte. Es war eine Arbeit, wie sie selbst sie gemacht hatte! Eine Liste der Hotels, der Besitzer und der Verkehrsmöglichkeiten – es fehlten nur die Hinweise auf Behörden und Polizei. Eine Mappe war mit ›Kanada‹ betitelt, eine andere mit ›Australien‹, und so fort. Die Schrift, in der die Listen angelegt waren, kam ihr bekannt vor – und plötzlich ging ihr ein Licht auf: Es war die Schrift Hilde Gordons!

Sie durchsuchte auch die anderen Schubladen. Sie waren angefüllt mit all den kleinen Gegenständen, wie sie ein junges Mädchen braucht.

Eine kleine Stahlkassette interessierte sie. Sie drückte auf einen Knopf, der seitlich angebracht war, und der Deckel sprang auf. Außer einem kleinen braunen Kuvert war sie leer.

Vorsichtig nahm sie das Kuvert in die Hand. Es war nicht zugeklebt; sie öffnete es und zog – einen Pfandschein heraus.

Fast hätte sie gelacht, aber dann untersuchte sie neugierig den Schein. Er verkündete die Tatsache, daß die Firma Bergson & Co., Commercial Road, London, zehn Shilling auf eine Nickel-Herrenuhr geliehen hatte. Der Pfandschein lautete auf den Namen Harden. Verwirrt blickte sie das Blatt an. Hatte das etwas mit Harding zu tun? Weshalb sollte er eine Uhr verpfänden und dann den Pfandschein so sorgfältig aufbewahren?

Margaret zögerte einen Augenblick – dann steckte sie den Schein zu sich, legte das Kuvert wieder in die Kassette und verschloß sie. Sie hatte die Schubladen gerade wieder zugedrückt, als sich die Zimmertür öffnete. Unter der Tür stand der Mann, der sie ins Zimmer getragen hatte.

Sein Gesicht hatte einen eigenartigen Ausdruck, der ihr Angst einflößte. Den Schutzanzug hatte er abgelegt.

»Machen Sie keinen Lärm«, flüsterte er mit einem unterdrückten Kichern. »Wenn Gregory mich hört, macht er mir die Hölle heiß.«

Leise zog er die Tür hinter sich ins Schloß.

»Mein Name ist Bridgers«, stotterte er. Er zog eine kleine Dose aus der Tasche und öffnete sie – sie sah ein weißes, glitzerndes Pulver. »Nehmen Sie eine Prise«, bat er eifrig, »und alle Ihre Sorgen sind weg.«

»Danke, nein«, sie schüttelte den Kopf und sah ihn mit einem verständnislosen Lächeln an. »Ich weiß nicht, was das ist.«

»Der weiße Schrecken«, er kicherte wieder. »Viel besser als der grüne!«

»Ich bin nicht in der Stimmung für Schrecken irgendwelcher Art«, entgegnete sie mit einem halben Lächeln. Sie überlegte, weshalb er wohl gekommen sei, und hatte einen Augenblick lang die Hoffnung, daß er über die wahren Zustände in diesem Haus im unklaren war.

»Na, meinetwegen«, sagte er und schob die Dose wieder in die Tasche. »Es ist Ihr eigener Schaden. Nie im Leben werden Sie sich so herrlich fühlen wie ich!«

Sie wartete.

Die ganze Zeit schien er in nervöser Spannung zu sein. Mitten in einem Satz hielt er plötzlich inne und horchte zur Tür hin. Erleichtert stellte sie aber fest, daß er keinen Versuch machte, ihr näher zu kommen. Es war ihr klar, daß er unter dem Einfluß eines Rauschgiftes stand. Die Augen waren unnatürlich geweitet und glänzten, seine Hände waren blaß und in ständiger Bewegung.

»Ich heiße Bridgers«, sagte er wieder. »Und ich werde Ihr Trauzeuge sein! Früher war ich einmal einer der besten Chemiker, die je an einer Universität promoviert haben – inzwischen bin ich ziemlich tief gesunken; meinen Sie nicht auch?« Er ging zur Tür, horchte hinaus und kam auf Zehenspitzen zurück.

»Sie sind doch im Bilde«, stotterte er. »Sagen Sie mir – was wird hier gespielt?«

»Was gespielt wird?« wiederholte sie.

»Ja. Um was handelt es sich? Ich habe versucht, aus Gregory und Milsom etwas herauszukriegen, aber die hüllen sich in Schweigen. Warum werden ständig Leute nach Amerika, nach Kanada, Australien, Südamerika, Afrika und Indien geschickt? Das Büro habe ich ja gesehen. Tausende versiegelter Kuverts, die Schiffskarten und Geld enthalten, Tausende von Telegrammformularen, die schon adressiert sind. Mich kann man doch nicht hinters Licht führen!« Die letzten Worte schrie er ihr fast ins Gesicht. »Zu welchem Zweck stellt er den Auswurf der Wissenschaft an? Warum holt er sich seine Leute nicht von den Universitäten?«

Sie schüttelte den Kopf; im Augenblick interessierten sie weniger die Ausführungen Mr. Bridgers' als ihr eigenes Schicksal. Es war klar, daß der Mann von den Umständen, unter denen sie ins Haus gekommen war, nichts wußte. Für ihn war sie offenbar eine freiwillige Mitarbeiterin des Doktors, die sich aus irgendeinem Grund hinter verschlossener Tür aufhalten mußte.

»Ich erzähle Ihnen alles, wenn Sie mich zu meiner Wohnung begleiten«, sagte sie rasch. »Hier kann ich Ihnen kein Beweismaterial zeigen.«

Er sah sie argwöhnisch an, dann lachte er.

»Ich kann ja nicht weg von hier«, erwiderte er böse. »Übrigens habe ich Sie schon halbe Nächte beobachtet«, fuhr er zum großen Erstaunen des Mädchens fort. »Wie Sie hier arbeiteten, wie Sie stundenlang schrieben, ohne aufzusehen.«

Jetzt verstand sie. Hilde Gordon und sie hatten ungefähr die gleiche Figur, und dieser Mann, der ihre ehemalige Kollegin Hilde wahrscheinlich noch nie aus der Nähe gesehen hatte, verwechselte sie mit ihr.

»Weshalb wollten Sie so plötzlich weglaufen?« fragte er dann. Sie gab ihm keine Antwort, sondern kam rasch auf das vorige Thema zurück.

»Was soll ich Ihnen denn erzählen?« fragte sie. »Bestimmt wissen Sie genausoviel wie ich.«

»Nur Bruchstücke«, antwortete er eifrig. »Was Harding wirklich vorhat, weiß ich nicht. Ich weiß nur, weshalb er das Mädel heiraten will. Aber das weiß ja jeder.«

»Welches Mädchen?« fragte sie.

»Die Cresswell oder Predaux, oder wie sie sich nennt«, sagte Bridgers leichthin. »Sie war zwar nur eine kleine Angestellte, in Wirklichkeit aber . . .«

Sie bemühte sich, ruhig zu sprechen: »Weshalb, glauben Sie, will er sie heiraten?«

Er lachte leise.

»Stellen Sie sich doch nicht so dumm«, sagte er. »Alle wissen doch, daß sie eine Millionenerbin ist.«

»Millionenerbin?« stieß sie atemlos hervor.

»Millionenerbin!« Er schnalzte mit den Fingern, dann zog er die kleine Dose wieder aus seiner Tasche. »Nehmen Sie eine Prise, und Sie fühlen sich selbst wie die Erbin des alten Millinborn.«

Aus der Halle kam ein Geräusch, das ihn zusammenzucken ließ. Er öffnete die Tür, schlüpfte hinaus und vergaß, die Schiebetür auf dem Gang hinter sich zuzumachen.

Schnell folgte sie ihm; als sie den Treppenabsatz erreicht hatte, sah sie noch seinen Kopf um eine Ecke verschwinden. Vorsichtig schlich sie die Treppe hinunter, rannte durch die Halle und lief geradewegs Harding in die Arme.

17

In Scotland Yard gibt es eine Abteilung, die sich ausschließlich mit Verbrechen befaßt, die außerhalb der britischen Inseln begangen werden.

Von dort laufen Fäden in alle Welt, und man erfährt auf Anhieb, ohne nachzuschlagen, die Namen aller berüchtigten Revolverhelden New Yorks oder anderer großer Städte.

In Krakau hatte sich ein Pole mit einem Geschäftsmann gestritten. Es ging um eine verhältnismäßig kleine Summe, aber als der Geschäftsmann sterbend ins Krankenhaus eingeliefert wurde, machte er eine so merkwürdige Aussage, daß der Polizeipräsident von Krakau sie sofort nach Wien weitergab; von Wien wurde sie nach Bern befördert, dort schaute man sich bedenklich an und telegrafierte nach Paris, Rio de Janeiro, New York und London.

Der Zweite Inspektor der Auslandsabteilung kam aus seinem Zimmer und trat in das unbehagliche Büro von McNorton.

»Eine komische Geschichte – gerade aus Krakau eingetroffen; sie wird Ihren Freund Beale vielleicht interessieren.«

»Was denn?« fragte McNorton, der die Geschichten aus der Abteilung Ausland immer ziemlich langweilig fand.

»Ein Mann wurde ermordet«, sagte der Inspektor leichthin, als sei dies ziemlich nebensächlich, »aber bevor er abkratzte, machte er ein Testament zugunsten seines Sohnes und bestimmte, daß keine seiner Aktien – er handelte ausschließlich mit Mais – auf der internationalen Getreidebörse unter tausend Zloty pro Zentner zu verkaufen seien. Das sind umgerechnet ungefähr dreißig Pfund pro Zentner.«

»Mais dreißig Pfund pro Zentner?« sagte McNorton. »Der Mann muß verrückt gewesen sein.«

»Nicht im geringsten«, erwiderte der andere. »Er hat sogar sein ganzes Leben lang mit Mais gehandelt. Bevor er starb, sagte er noch, daß irgendeine große Bank eine Option auf die kommende Maisernte in Galizien, Ungarn und Jugoslawien zu einem sehr niedrigen Preis habe. Er phantasierte auch noch etwas von einer ungeheuerlichen Erfindung, die er den grünen Brand nannte.«

McNorton pfiff leise durch die Zähne, nahm seinen Hut und machte sich auf den Weg zu Mr. Kitson. Er traf ihn in der Halle seines Hotels.

»Etwas von Beale gehört?« erkundigte sich Kitson.

»Er war heute früh mit Mr. Mint in Kingston, ist aber schon wieder fort. Mein Kollege in Kingston, mit dem ich telefonierte, sagte mir, daß Beale auch den Landstreicher verhört hat – anscheinend hat er aber nicht viel Brauchbares aus ihm herausbekommen. Hat sich Beale mit Ihnen nicht in Verbindung gesetzt?«

Kitson schüttelte den Kopf.

»Dann möchte ich mit Ihnen auch über diese Grüne-Brand-Geschichte sprechen«, fuhr der Beamte fort. »Beale geht da bis jetzt ganz allein vor, und es ist die höchste Zeit, daß er uns einweiht.«

»Ist die Sache wirklich so ernst?«

»Sie scheint sogar immer mehr zu einer internationalen Angelegenheit zu werden«, entgegnete McNorton. »Alles, was wir im Augenblick wissen, ist folgendes: Es existiert ein Plan, der die Versorgung der ganzen Welt mit lebenswichtigen Nahrungsmitteln in Frage stellt. Und der Hauptorganisator ist Harding. Ich habe Nachforschungen nach dem Vorleben Dr. Hardings angestellt, aber nicht viel gefunden. Bis zu einem gewissen Zeitpunkt scheint er ein durchaus ehrenwerter Mann gewesen zu sein. Man weiß, daß er jetzt mit mindestens drei Leuten in Verbindung steht, die alle in mehr als einer Beziehung nicht ganz hasenrein sind. Es handelt sich um einen Dr. Milsom, einen Arzt, gegen den einmal ein Verfahren wegen Mordes eingeleitet worden war, um einen Mr. Bridgers, einen amerikanischen Chemiker, der rauschgiftsüchtig ist, und schließlich um einen gewissen Gregory, der in Manchester wegen Schmuggels verurteilt wurde. Die vierte im Bund ist ein Mädchen namens Hilde Gordon, die bis jetzt nicht vorbestraft ist. – Vor allen Dingen ist es notwendig, daß Beale uns jetzt unbedingt mitteilt, was er weiß. Schließlich verfügen wir immerhin über einige Möglichkeiten, seine Nachforschungen zu ergänzen. In Krakau hat sich übrigens jetzt etwas ereignet, was die Vermutungen Beales zu bestätigen scheint.«

Er erzählte kurz die Geschichte, die er vorher erfahren hatte.

»Sehr wahrscheinlich klingt das ja nicht«, sagte Kitson. »Ich bin zufällig Syndikus einer Mühlenbesitzervereinigung und weiß, daß die diesjährige Welt-Getreideernte aller Voraussicht nach weit über dem Durchschnitt liegen wird, ebenso die Maisernte. Preise, wie sie der Geschäftsmann in Krakau angab, sind ganz unsinnig hoch.«

»Hoffentlich stellt sich heraus, daß hinter der ganzen Sache nicht viel steckt«, erwiderte McNorton. »Jedenfalls steht fest, daß Harding in der letzten Zeit eine Unzahl von Telegrammen in alle Welt verschickt. – Aber jetzt werde ich vor allen Dingen versuchen, Mr. Beale zu finden!«

Doch Mr. Beale schien vom Erdboden verschluckt. Ein Besuch in seiner Wohnung war erfolglos. Der Fremde, der am Tag vorher Harding hatte aufsuchen wollen, war am Vormittag wieder dagewesen, aber auch er war jetzt spurlos verschwunden. Keiner von McNortons Beamten hatte es fertiggebracht, ihm auf der Spur zu bleiben.

Schließlich suchte McNorton die Büroräume der Firma Punsonby auf. Mr. White, bei dem er sich hatte melden lassen, begrüßte ihn höchst seltsam. Als der Beamte das Privatbüro dieses Gewaltigen betrat, erhob sich der nämlich, wurde totenbleich und konnte kein Wort hervorbringen. McNorton hatte das gleiche Benehmen schon oft genug bei Verbrechern beobachtet, die sich irgendeiner Tat überführt glaubten.

»Ah – Mr. McNorton!« stammelte White und wies mit zitternder Hand auf einen Stuhl. »Nehmen Sie doch bitte Platz. Was kann ich für Sie tun?«

»Oh, ich wollte nur einmal fragen, wie es Ihrem Freund Dr. Harding geht?«

Mr. White rutschte unbehaglich auf seinem Stuhl hin und her.

»Aber ich bitte Sie, Mr. McNorton – Harding ist kein Freund von mir«, sagte er. »Eine Geschäftsbekanntschaft«, er seufzte tief auf, »nur eine Geschäftsbekanntschaft.«

White sah ziemlich verändert aus. Er wirkte älter, sein Gesicht war eingefallen, und um seine Augen lagen dunkle Schatten.

»Er scheint ein recht gerissener Bursche zu sein«, sagte McNorton leichthin. »Sie sind an einigen seiner Unternehmungen interessiert, nicht wahr?«

»Nur an einer«, antwortete White schnell, »und ich wünschte . . .«

Er hielt inne.

»Daß Sie das nicht wären, wie?«

Mr. White beugte sich kummervoll vor.

»Dr. Harding ist ein kluger Mann«, sagte er. »Er hat große Pläne, und ich bin – äh – daran finanziell beteiligt. Weiter nichts. Ich habe Geld in sein Syndikat gesteckt, ohne natürlich eine Ahnung über die Art seiner Arbeit zu haben, das möchte ich betonen.«

»Sie haben so viel Vertrauen zu ihm?« fragte McNorton.

»Ich bin ein wenig leichtsinnig in Finanzdingen«, gab Mr. White zu. »Das bezieht sich natürlich nicht auf die Angelegenheiten der Firma Punsonby! Unsere Bilanz ist ein Muster für die ganze Geschäftswelt.«

»Das habe ich schon gehört«, entgegnete McNorton trocken. »Übrigens, was ist denn das für ein Plan von Dr. Harding?«

Mr. White zuckte die Achseln. »Keine Ahnung«, erwiderte er.

»Sie haben volle vierzigtausend Pfund investiert«, begann McNorton nach einer Pause.

Mr. White wurde noch blasser und rief: »Woher wissen Sie das?«

»Solche Dinge sprechen sich herum«, sagte McNorton. »Was ich noch sagen wollte – Sie investieren also vierzigtausend Pfund, ohne festzustellen, um was es geht. Ich spreche jetzt nicht als Polizeibeamter, Mr. White«, fuhr er fort, und White konnte seine Erleichterung kaum verbergen, »sondern als alter Bekannter.«

»Ich habe Sie schon immer gut leiden mögen«, erwiderte White eifrig. »Wie lange kennen wir uns denn eigentlich? Ich glaube, das erstemal habe ich Sie gesehen, als damals bei Punsonby eingebrochen wurde.«

»Das ist lange her«, sagte McNorton. »Aber wir wollen bei dem Thema Geldinvestierung bleiben, das mich sehr interessiert. Sie haben Harding all das Geld gegeben, ohne sich überhaupt zu vergewissern, ob die Unternehmung im gesetzlichen Sinn einwandfrei ist. Ich will damit natürlich nicht sagen, daß sie ungesetzlich ist«, parierte er, als White protestieren wollte. »Aber es kommt mir komisch vor, daß Sie sich nicht einmal die Mühe machten, sich zu erkundigen.«

»Selbstverständlich habe ich mich erkundigt, Mr. McNorton«, sagte White hastig. »Es handelt sich um irgendein chemisches Verfahren . . ., aber ich verstehe ja nichts von Chemie. Ich gebe gern zu«, fuhr er dann leiser fort, »daß ich bedaure, in dieses Geschäft eingestiegen zu sein. Wir Geschäftsleute sind so stark in

Anspruch genommen, daß wir es uns nicht leisten können, unser Geld auf lange Zeit festzulegen.«

McNorton nickte. Er war ziemlich genau über die verwickelte Finanzlage von Mr. White orientiert und wußte zum Beispiel, daß der höchst korrekte Direktor von Punsonby sich in den Händen von Wucherern befand, die ihn schonungslos ausnahmen.

»Meine Freundschaft mit dem Doktor«, sagte Mr. White plötzlich, »stammt daher, daß er mich während meiner letzten Krankheit behandelte. Ich bin ihm sehr zu Dank verpflichtet.«

McNorton wußte, daß das nicht stimmte.

»Sie sind sich natürlich darüber im klaren«, meinte McNorton noch, als er sich erhob, »daß alle Aktionäre von Hardings Syndikat mitverantwortlich sind für die Dinge, zu denen das Geld verwendet wird. Ich hoffe vor allem, daß Sie Ihr Geld wiedersehen!«

»Bestehen da Zweifel?« fragte White erschrocken.

»Es bestehen immer Zweifel, wenn es sich darum handelt, Geld aus gewissen Syndikaten wieder zurückzubekommen«, sagte McNorton ernst.

»Bitte bleiben Sie noch«, Mr. White bewegte sich mit erstaunlicher Gewandtheit um seinen Schreibtisch herum und stellte sich McNorton in den Weg.

»Ich bin wirklich erschrocken, Mr. McNorton«, sagte er, als er den anderen zu seinem Stuhl zurückführte. »Ich bin ehrlich bestürzt über das, was Sie mir eben sagten. Nicht, daß die Firma Punsonby durch den Verlust einer Kleinigkeit von vierzigtausend Pfund gleich ruiniert wäre! Viel schlimmer scheint mir die Möglichkeit, daß ich mein Geld zu etwas hergegeben habe, was mich mit dem Gesetz in Konflikt bringen könnte . . .«

»Nun, es sieht immerhin so aus, als ob der grüne Brand ganz dazu geeignet wäre, Ihre Befürchtungen wahrzumachen.«

»Der grüne Brand?« stammelte Mr. White. »Den Namen habe ich schon gehört, ich weiß aber wirklich nicht . . .«

»Sie wissen nichts, weil Sie nichts wissen wollen!« unterbrach ihn McNorton streng.

»Ich schwöre Ihnen . . .«, fing White an.

»Dazu haben Sie vielleicht noch vor Gericht Gelegenheit«,

sagte McNorton. »Im übrigen will ich Ihnen nicht verbergen, daß Sie nicht nur Ihre Finanzen in Gefahr gebracht haben, als Sie in diese Sache einstiegen, sondern auch Ihr Leben.«

Der Beamte nahm nach diesem letzten Pfeil seinen Hut und ging zur Tür. Als er sich noch einmal umdrehte, sah er, wie Mr. White ächzend hinter seinem Schreibtisch auf einen Stuhl sank.

18

Dr. Harding saß neben dem Bett, auf dem Margaret lag. In seinen kalten blauen Augen war eine Spur von Belustigung.

»Bridgers hat Sie herausgelassen, wie? Was hat er denn erzählt?«

Sie starrte ihn zornig an und versuchte vergeblich, die Fesseln an ihren Händen und Füßen abzustreifen.

»Sie benehmen sich wirklich sehr ritterlich«, sagte sie.

»Oh, werden Sie nur nicht ungeduldig – morgen, nach der Trauung, haben Sie das Schlimmste schon überstanden.«

»Glauben Sie denn wirklich, Sie könnten mich gegen meinen Willen zwingen, Sie zu heiraten? Ich werde unter gar keinen Umständen mein Einverständnis geben.«

»Sie werden schon ja sagen«, lächelte er. »Vergessen Sie nicht, daß dieses Abenteuer für Sie nicht eine Trauung als Schlußpunkt haben könnte, sondern etwas noch viel Schlimmeres.«

Es überlief sie kalt, und sie wagte eine Zeitlang kein Wort zu sagen.

»Im übrigen habe ich natürlich mit Ihrem Widerstand gerechnet«, begann er plötzlich von neuem. »Haben Sie schon einmal von einem chemischen Wirkstoff gehört, der sich Bromocine nennt? Die Wirkung dieses Mittels ist äußerst interessant – es versetzt den Patienten in einen Zustand merkwürdigen Vor-sich-hin-Dämmerns. Es ist ihm alles gleichgültig, bestimmte Bewußtseinsschranken sind aufgehoben, und der Betreffende tut genau das, was man ihm befiehlt. Mit andern Worten ausgedrückt – Bromocine lähmt die Willenskraft.«

»Wozu erzählen Sie mir das?« fragte sie und wehrte sich vergeblich gegen ein schreckliches Angstgefühl.

Er steckte die Hand in die Tasche und zog ein kleines schwarzes Etui heraus. Sie beobachtete erschrocken, wie er dem Etui eine Injektionsspritze und eine Ampulle entnahm. Geschickt brach er die Spitze der Ampulle ab, zog eine farblose Flüssigkeit in die Spritze und beugte sich dann über sie.

»Sie weigern sich also, mich zu heiraten. Nun, ich sehe schon, auf eine große Zeremonie mit allem Drum und Dran in der Kirche müssen wir sowieso verzichten – also wird es das Beste sein, ich bestelle den Pfarrer hierher ins Haus und bitte ihn, die Trauung hier zu vollziehen.«

Vorsichtig streifte er den Ärmel ihres Kleides zurück.

»Schreien Sie bitte nicht, sonst versetzen Sie mich in die unangenehme Lage, Sie mit einem Handtuch knebeln zu müssen.«

Sie zuckte zusammen, als er die Injektionsnadel in ihre Armbeuge stach. Langsam drückte er den Kolben nieder und spritzte die Flüssigkeit in eine Vene. Mit einem kurzen Ruck zog er die Nadel dann wieder heraus und betupfte die Einstichstelle mit einem in Alkohol getränkten Wattebausch.

»Diese Behandlung werde ich heute abend wiederholen«, sagte er. »Morgen früh noch einmal eine kleine Spritze, und dann wird Ihnen schon alles völlig gleichgültig sein.«

»Ewig wird die Wirkung nicht anhalten«, erwiderte sie haßerfüllt. »Es wird noch eine Gelegenheit kommen, mit Ihnen abzurechnen, Dr. Harding.«

»Bis dahin«, sagte er ruhig, »werden so viel andere Dinge geschehen sein, daß die kleine Missetat, Ihnen ein Rauschgift verabreicht zu haben, bei den Hütern des Gesetzes überhaupt nicht mehr ins Gewicht fällt. Und jetzt kann ich Sie wohl losbinden.«

Er entfernte die Fesseln von ihren Händen und Füßen und steckte sie in die Tasche.

»Stehen Sie auf und gehen Sie etwas hin und her«, sagte er dann. »Sie werden sonst noch ganz steif. Heute nachmittag hatte ich übrigens ein recht interessantes Gespräch mit Ihrem Freund Beale. Ich glaube, der junge Mann ist direkt ein bißchen verliebt in Sie.«

Er bemerkte amüsiert, daß sie rot wurde.

»Wann wird dieses Zeug zu wirken beginnen?« fragte sie.

»Haben Sie Angst?«

»Nein. Aber es wird mir vielleicht helfen, Ihre Anwesenheit besser zu ertragen.«

»Geduld, mein Kind«, sagte er mit gespielter Sanftmut, »bald sind Sie mich los.«

»Weshalb wollen Sie mich überhaupt heiraten?«

»Das kann ich Ihnen jetzt sagen«, antwortete er. »Weil Sie eine reiche Frau sind und ich Ihr Geld brauche. Die Hälfte Ihres Vermögens wird nach der Trauung mein Eigentum.«

»Dann hat dieser Mann also die Wahrheit gesprochen«, sagte sie schwach.

»Aha, Bridgers hat wohl gequasselt – aber es stimmt, Sie sind die Erbin eines reichen Mannes namens Millinborn.«

»John Millinborn?« stieß sie hervor. »Der Mann, der ermordet wurde?«

»Ja, meine Liebe. John Millinborn war Ihr Onkel und hat Ihnen rund vier Millionen Dollar hinterlassen.«

»Ich verstehe das alles nicht.«

»Ihr wirklicher Name ist Predaux. Ihr Vater war der betrunkene Kerl, der ...«

»Ich weiß – der Mann, der im Hotel starb, war mein Vater!«

»Interessant, nicht wahr?« sagte er ruhig. »Fast wie in einem Roman. Er war ein verkommener Kerl, den Sie so rasch wie möglich vergessen sollten. Ich habe gehört, wie John Millinborn seinem Anwalt erzählte, daß Ihre Mutter vor lauter Kummer gestorben ist, weil Ihr Vater sie ohne einen Pfennig Geld sitzenließ.«

»Mein Vater«, murmelte sie. Ihr Gesicht war totenblaß.

»Ich finde, es ist Zeit, daß Sie die Wahrheit erfahren. Das Vermögen wurde einem Verwalter übergeben, und Sie sollten erst nach Ihrer Verheiratung davon erfahren. John Millinborn hat es so bestimmt, damit nicht irgendein Profitjäger Sie nur des Geldes wegen heiratet. Das war sehr rücksichtsvoll von ihm. Ich selbst beabsichtige nicht im geringsten, etwas an Ihrem Leben zu ändern, sondern erhebe lediglich Anspruch auf die Hälfte des

Vermögens. Was Sie mit Ihrem Anteil machen, ist mir völlig gleichgültig.«

»Ich will nicht – ich will nicht«, stammelte sie verzweifelt. Er stand auf und beugte sich über sie. Nach kurzer Zeit war sie eingeschlafen. Gemächlich verließ er das Zimmer und schloß die Tür sorgfältig hinter sich ab. In der Halle stand Bridgers mit einem breitschultrigen Mann, der eine Glatze hatte.

»Hallo, Bridgers«, sagte Harding. »Sie haben anscheinend geplaudert!«

»Oh, wer plaudert nicht?« brummte dieser.

Er zog seine Dose aus der Tasche, öffnete sie und nahm eine Prise.

»Das Zeug wird Sie noch umbringen«, knurrte Harding.

»Es wird ihn jedenfalls in bessere Laune versetzen«, meinte der Kahlköpfige. »Ich habe nichts gegen Leute, die Kokain nehmen. Nur in den Pausen gehen sie mir auf die Nerven.«

»Wenn ich keinen Koks schnupfte, würde ich wahrscheinlich nicht in Ihrer verdammten Fabrik arbeiten, Harding«, sagte Bridgers fröhlich. »Bekomme ich eigentlich keine Entschädigung dafür, daß ich Ihre flüchtende Braut zurückgehalten habe? Eben habe ich nämlich von Milsom erfahren, daß sie das ist.«

Harding blickte fragend Milsom an, der nickte.

»Sie interessieren sich viel zuviel für meine Privatangelegenheiten«, sagte er barsch.

»Ach, seien Sie doch nicht so empfindlich. Dieser Ort hier fällt mir allmählich auf die Nerven. Ich möchte zurück nach London. Hier sehen für mich bald alle Bakterien gleich aus.«

»Lassen Sie ihn gehen«, sagte Milsom. »Ich werde ihn schon nicht aus den Augen verlieren.« Als sie allein waren, sah er Harding an: »Wie steht es?«

Harding zuckte die Achseln.

»Ich fange an, nervös zu werden«, entgegnete er. »Weniger wegen Beale, sondern hauptsächlich wegen der Geldfrage. Unsere Ausgaben sind unerhört und wachsen ständig. – Die Heirat muß auf alle Fälle morgen stattfinden. Auch White wird nervös«, fügte er noch hinzu. »Er möchte sein Geld wiederhaben, da er selbst am Rand der Pleite steht.«

Milsom verzog das Gesicht.

»Hoffentlich verpfeift er uns nicht«, sagte er. »Zutrauen würde ich es ihm. – Die Heirat findet also morgen statt?«

»Ich habe dem Pfarrer erklärt«, entgegnete Harding, »daß meine Verlobte bettlägerig sei und daß sie Wert darauf lege, hier im Hause getraut zu werden.«

»Schön, dann wäre ja alles in Ordnung. Wann bekommt die Braut denn ihre nächste Dosis?«

»Erst in zwei Stunden«, sagte Harding.

In diesem Moment wurde er unterbrochen. Durch die Tür stürzte ein Mann in einem schmutzigweißen Kittel. Sein Gesicht war angstverzerrt.

»Monsieur, Monsieur«, rief er, »dieser Idiot von Bridgers . . .«

»Was ist denn los?« Harding sprang auf.

»Ich glaube, er ist verrückt. Er tanzt durch den Park und singt und schreit, daß er das Präparat bei sich habe!«

Harding lief fluchend hinaus, der Arzt folgte ihm. Im Garten hinter einem Gebüsch sahen sie Bridgers. Er stand mit offenem Mund da und starrte sie an.

»Ich habe es fallen lassen«, stammelte er.

Harding brauchte ihn nicht zu fragen, was er habe fallen lassen. Einige Quadratmeter des grünen Rasens, auf dem sie standen, sahen aus, als hätte der Schmelzofen der Hölle sie verbrannt. In der Luft lag ein durchdringender Verwesungsgeruch.

19

Margaret hatte das Gefühl, als hinge ein grauer Nebelvorhang vor ihren Augen. Das heißt, ein bewußtes Gefühl hatte sie eigentlich gar nicht, ihr war zumute, wie einem Betrunkenen, der mühsam auf der Grenze zwischen völliger Bewußtlosigkeit und einem halbwachen Dämmerzustand dahintaumelt. Irgendeine Stimme hämmerte monoton gegen ihre Ohren, und schließlich schmolz ein Teil des grauen Vorhangs hinweg, in dem ihr ganzer Kopf eingebettet schien.

»Sie kommt zu sich«, sagte Harding. »Offensichtlich war die zweite Dosis gestern abend ein wenig zu stark. Eine dritte Spritze ist auf jeden Fall nicht nötig.«

»Wieviel Uhr ist es?« fragte das Mädchen stockend und setzte sich aufrecht. Sie fühlte sich schwach und müde, aber nicht einmal schwindlig.

»Zwölf Uhr. Sie haben seit sieben Uhr gestern abend geschlafen. Wir wollen einmal sehen, ob Sie stehen können. Bitte versuchen Sie es.«

Sie gehorchte ohne weiteres. Es war nicht so, daß sie keinen klaren Gedanken hätte fassen können; ihr Geist war nur von einer unsagbaren Trägheit ergriffen. Hätte man sie in Ruhe gelassen, so wäre sie zufrieden gewesen, sich einfach wieder hinlegen zu können. Da man etwas von ihr wollte, gehorchte sie wie ein Automat, weil ihr das am einfachsten schien. Kein Funken ihres eigenen Willens war in ihrem gelähmten Bewußtsein zurückgeblieben.

»Gehen Sie hinüber zum Fenster«, sagte der Doktor, und sie gehorchte, obwohl sie beim Gehen immer wieder einknickte. »Jetzt kommen Sie zurück – gut, so ist's recht.«

Sie sah ihn gleichgültig an und zuckte nicht einmal zusammen, als er beide Hände auf ihre Schultern legte.

»Heute nachmittag werden Sie getraut – das ist Ihnen doch recht, nicht wahr?«

»Ja«, sagte sie. »Das ist mir recht.«

»Und Sie werden ja sagen, wenn ich es Ihnen befehle, nicht wahr?«

»Ja, das werde ich sagen«, antwortete sie mechanisch.

»Sie werden hierbleiben, bis der Pfarrer kommt«, fuhr Harding fort, »und nicht versuchen wegzulaufen, nicht wahr?«

»Nein, ich werde nicht weglaufen«, antwortete sie.

»Legen Sie sich wieder hin.«

Ohne zu zögern tat sie, was er befahl.

»Das wird genügen«, sagte Harding befriedigt. »Kommen Sie mit hinunter, Milsom, ich habe Ihnen etwas zu sagen.«

»Was ist denn los?« fragte Milsom, als er sich unten Harding gegenübersetzte.

»Das hier habe ich heute bekommen«, sagte Harding und warf ihm einen Brief zu.

Milsom öffnete den Brief und las langsam.

›Ein Mann wollte Sie gestern nachmittag besuchen und ist seither wiederholt dagewesen. Beale hat ihn gesehen und ausgefragt. Der Mann nennt sich Star und wohnt im Scaraband Hotel, Burner Street.‹

»Wer ist denn das?« fragte Milsom.

»Höchstwahrscheinlich der Beauftragte einer südamerikanischen Bank, die ich schon vor längerer Zeit um Hilfe gebeten habe. Bisher ist sie nicht darauf eingegangen, und das ist auch der Grund, weshalb diese Heirat so überstürzt stattfinden muß. Ich brauche unbedingt Geld. Allein die Räume in Paddington kosten mich ein Vermögen. Sie müssen übrigens heute nacht unbedingt zurückfahren.«

Milsom nickte.

»Was haben Sie nun unternommen?«

»Ich habe Gregory hingeschickt. Er soll sich diesen Mann ansehen, und wenn er von der Bank kommt, bringt er ihn sofort her. Wir werden dann keine Geldschwierigkeiten mehr haben und können bald losschlagen.«

Eine Pause folgte. Dann fragte Milsom: »Was für eine Wirkung wird das Ganze auf dieses Land haben?«

»England wird ruiniert sein, genau wie alle andern Länder Europas«, sagte Harding mit fester Stimme. »Nächste Woche will ich die Fabrik in Paddington auflösen und wegfahren«, fuhr er dann fort.

»Wohin wollen Sie denn?«

»Nach Südamerika«, antwortete Harding und faltete die Zeitung zusammen, in der er aufmerksam die Getreidenotierungen studiert hatte. »Von dort aus kann ich mit größerer Sicherheit unsere Operation leiten. Gregory geht nach Kanada, Mitchell und Champs haben Australien bereits organisiert, und drei unserer Leute stellen Arbeiter in Indien bereit.«

»Und die Vereinigten Staaten?«

»Auch dort ist alles vorbereitet«, sagte Harding. »Das kostet mich natürlich eine Menge Geld. Die Leute warten jetzt nur noch auf mein Losungswort. – Sie selbst gehen übrigens ebenfalls nach Kanada.«

»Soll ich Bridgers mitnehmen?«

»Er wäre zwar der ideale Gehilfe für Sie, aber ich traue ihm nicht. Ihre Aufgabe ist einfach. Sie erhalten vor Ihrer Abreise ein versiegeltes Kuvert, das eine Liste unserer sämtlichen kanadischen Agenten enthält. Sie werden darin auch zwei Codeworte finden, von denen das eine bedeutet: ›Operation beginnen‹ und das andere: ›Alle Instruktionen rückgängig machen und Apparate vernichten‹.«

»Es klingt fast zu einfach«, sagt Milsom. »Welche Möglichkeiten der Entdeckung bestehen?«

»So gut wie keine«, antwortete der Doktor prompt. »Die einzige Gefahr ist dieser Kerl namens Beale, aber er weiß nichts Bestimmtes, und solange er nur herumrät, kann er uns nicht schaden.«

Man hörte Schritte, und Harding ging schnell zur Tür und öffnete sie.

»Nun, Gregory?« fragte er.

»Er ist hier«, antwortete dieser und zeigte auf einen Mann, der hinter ihm stand. »Der Pfarrer kommt übrigens auch gerade.«

»Gut, bitte treten Sie doch näher.«

Der Mann, den Mr. Beale vergebens ausgehorcht hatte, machte eine knappe Verbeugung.

»Sie sind Dr. Harding?« fragte er auf spanisch.

»Ja, gewiß«, antwortete der Doktor in derselben Sprache.

»Ich habe einen Brief für Sie und suche Sie schon seit einigen Tagen. Hier ist er.«

Harding nahm das Schreiben und riß schnell den Umschlag auf. Nachdem er gelesen hatte, sagte er dem Boten ein Losungswort. Dieser flüsterte ihm daraufhin etwas ins Ohr.

»Gott sei Dank!« rief Harding erleichtert. »Die Bank macht mit, unsere Finanzen sind wieder in Ordnung!«

Eine Bewegung an der Tür ließ ihn aufblicken.

»Der Pfarrer ist da«, flüsterte Milsom.

»Na, den brauchen wir jetzt ja eigentlich gar nicht mehr«, entgegnete Harding ebenso leise. »Trotzdem werde ich mich aber trauen lassen. Besser ist besser! – Bitte, kommen Sie herein, Herr Pfarrer.«

»Es tut mir sehr leid, daß Ihre Verlobte krank ist ...«, begann der Geistliche.

»Sie besteht aber darauf, daß die Trauung stattfindet, Hochwürden! Ich werde hinaufgehen und sie vorbereiten.«

Als er zur Tür gehen wollte, hielt ihn Milsom auf, der am Fenster stand.

»Hören Sie nicht, daß da jemand spricht?«

Sie lauschten.

»Kommen Sie mit«, sagte der Doktor dann erregt und schlich, gefolgt von Milsom, die Treppe hinauf.

20

Einen halben Kilometer von Deans Folly entfernt hielt ein Auto auf einem Hügel. Man konnte von dort aus das Tal, in dem Hardings Haus stand, überblicken.

»Das ist das Gebäude«, sagte Beale und deutete nach unten. »Und diese Mauer, die sich an der Straße entlangzieht, hat der Landstreicher gemeint.«

Er holte einen Feldstecher aus dem Futteral und sah durch.

»Ja, das ist das Tor – sehen Sie den Wächter davor?«

Mr. Mint nahm den Feldstecher und beobachtete einige Minuten lang das Grundstück.

»Hm – es wird gar nicht so leicht sein, dort einzudringen. Wie wollen Sie denn das eigentlich anstellen?«

»Sie werden es gleich sehen.«

Sie gingen den Hügel hinunter und erreichten nach einem ziemlich beschwerlichen Marsch die hohe Mauer, die Deans Folly umgab. Vorsichtig arbeitete sich Beale bis zu einem Gebüsch vor, das dicht an der Mauer stand. Kurz entschlossen sprang er dann hoch, hielt sich oben an der Brüstung fest und schwang sich vollends hinauf. Mint, der auf eine lange Übung als Fassadenkletterer zurückblicken konnte, folgte ihm genauso gewandt.

Auf der anderen Seite lag unter ihm das Dach des gegen die Mauer gebauten Schuppens. Beale gab Mint ein Zeichen, ihm zu folgen, und sie sprangen beide neben dem Schuppen auf den Boden.

Die nächsten Stunden verbrachten sie damit, den Park zu erkunden. Einmal öffnete sich die Tür zum Schuppen, zwei Männer kamen heraus und gingen auf das Haus zu. Beale und sein Begleiter verhielten sich regungslos, bis sie beide nach einiger Zeit wieder in den Schuppen zurückkehren sahen.

Vorsichtig schlichen sie sich dann näher an das Haus heran. Plötzlich warf sich Beale zu Boden.

»Es kommt jemand den Hauptweg entlang«, flüsterte er Mint zu.

»Ein Amtsbruder von mir«, sagte sein Begleiter und kicherte leise.

Beale fuhr zusammen. Tatsächlich, es war ein Pfarrer, der gerade im Haus verschwand. Er wußte, daß jetzt keine Zeit mehr zu verlieren war. Doch was sollte er tun? Konnte er einfach in das Haus eindringen? Vorsichtig schlich er mit seinem Begleiter zur Rückseite des Gebäudes. Da es an einen Abhang gebaut war, befanden sie sich hier in gleicher Höhe mit dem ersten Stock. Die Fenster, die sie vor sich sahen, waren alle vergittert, und Beale wollte schon wieder umkehren, als er plötzlich wie elektrisiert zusammenfuhr – zehn Meter entfernt von sich sah er an einem Fenster Margaret Cresswell.

Ohne an eine Gefahr zu denken, stürzte er auf sie zu.

»Miss Cresswell!« rief er.

Sie sah gleichgültig zu ihm herüber.

»Sie sind es«, sagte sie mit einer merkwürdigen Gelassenheit.

Er stand jetzt am Rande des betonierten Grabens, der die Hauswand von dem Abhang trennte, und zögerte. Hinüberspringen konnte er nicht, dazu war der Graben zu breit, doch dann erinnerte er sich, daß er bei einem Fliedergebüsch vorhin einen Bretterstapel gesehen hatte.

Er rannte dorthin, so schnell er konnte, holte ein Brett und legte es über den trennenden Graben.

Vorsichtig balancierte er hinüber und blieb vor dem vergitterten Fenster stehen. Das Mädchen schaute ihn teilnahmslos an. Er fühlte sofort, daß irgend etwas nicht stimmte.

»Sie kennen mich doch?« fragte er. »Ich bin Mr. Beale.«

»Ich weiß, Sie sind Mr. Beale«, sagte sie gleichgültig.

»Ich bin gekommen, um Sie zu retten«, fuhr er schnell fort. »Bitte, vertrauen Sie mir – Sie – Sie müssen mich heiraten.«

Als er diese Worte gesagt hatte, wurde es ihm plötzlich klar, daß er sie liebte. Er wartete mit angehaltenem Atem, ob sie seinen Antrag entrüstet zurückweisen würde. Aber sie blieb gleichgültig und schaute ihn nicht einmal an, als sie ihm antwortete: »Ich muß Sie heiraten.«

Pfarrer Mint ging bis zur Mitte des schwankendes Brettes, zog ein Gebetbuch aus der Tasche und begann vorzulesen. Als er zu der entscheidenden Frage kam, die beide Partner mit ›ja‹ beantworten mußten, zögerte Beale keinen Augenblick.

Das Mädchen antwortete nicht sofort, als sie gefragt wurde. Es entstand eine peinliche Pause. Doch dann schaute sie Pfarrer Mint plötzlich voll ins Gesicht.

»Ja«, sagte auch sie.

Mint war inzwischen herangetreten und legte die Hände der beiden ineinander. Die Ehe war geschlossen.

»Sehr hübsch«, sagte plötzlich eine Stimme.

Beale zog mit einem Ruck seine Pistole aus der Tasche.

»Lassen Sie Ihr Schießeisen ruhig stecken, Mr. Beale.«

Harding stand in der Mitte des Zimmers, und hinter ihm war die breite Gestalt Milsoms zu sehen.

»Das ist ja sehr romantisch«, fuhr Harding fort. »Wir wollten die Zeremonie eigentlich gar nicht stören. Vielleicht werden Sie sich jetzt ins Haus bemühen, Mr. Beale, ich habe Ihnen nämlich einiges zu sagen.«

Beale, der die Pistole in der Hand behielt, ging um das Haus herum zur Tür und winkte Pfarrer Mint, ebenfalls mitzukommen.

Harding erwartete sie in der Halle.

»Es steht Ihnen frei, Ihre Frau mitzunehmen«, sagte er. »Ich habe nämlich inzwischen die Absicht aufgegeben, sie zu heiraten. Übrigens wird es Ihnen ja klar sein, daß Ihre Trauung nicht legal ist, obwohl Sie sich sicher mit einer Sonderlizenz bewaffnet haben.«

»Weshalb sollte sie illegal sein?« fragte Beale.

»Weil keine Zeugen zugegen waren«, antwortete Harding triumphierend.

Pfarrer Mint lachte laut.

»Sie selbst haben doch eben zugegeben, daß Sie der Zeremonie beigewohnt haben, ebenso Ihr Freund dort hinten.«

Mr. Milsom machte ein böses Gesicht.

»Ich habe Sie schon längst erkannt, Mint«, entgegnete er wütend. »Und ich kann auch den Grund sagen, meine Herren, weshalb diese Ehe ungültig ist. Dieser Mann hier ist ein Verbrecher, der schon vor fünfzehn Jahren aus der Kirche ausgestoßen wurde. Ich habe im Gefängnis von Portland neben ihm gearbeitet.«

Mint verzog das Gesicht zu einem süßsauren Lächeln.

»Sie haben nur teilweise recht, Milsom«, antwortete er. »Durch ein Versehen bin ich nämlich niemals ausgestoßen worden und somit vor dem Gesetz auch heute noch Pfarrer der anglikanischen Kirche.«

»Um Himmels willen!« stieß Beale hervor. »Dann ist die Trauung ja legal?«

»So legal, wie nur möglich«, sagte Pfarrer Mint unerschüttert.

21

»Soll man das alles nun eine Tragödie oder Komödie nennen?« fragte Rechtsanwalt Kitson, der aufgeregt im Zimmer hin und her ging.

Stanford Beale saß auf einem Stuhl, hielt den Kopf in die Hände gestützt und machte einen niedergeschlagenen Eindruck.

»Ich bin Ihnen gar nicht böse, wenn Sie mich ausschimpfen«,

sagte er ohne aufzublicken. »Ich weiß selbst am besten, was für eine Dummheit ich gemacht habe.«

Kitson schaute den jungen Mann ernst an.

»Sie wissen ganz genau, daß ich von Anfang an gegen Ihren Plan war. Auch jetzt kann ich noch nicht verstehen, warum Sie sich nicht Polizeiunterstützung gesichert haben und einfach in das Haus eingedrungen sind, um Miss Cresswell zu befreien, die doch schließlich gegen ihren Willen festgehalten wurde.«

»Meinen Sie vielleicht, das hatte ich mir nicht auch überlegt?« entgegnete Beale leise. »Ich habe aber auch daran gedacht, daß in dem Haus vier oder fünf Männer waren, die vor nichts zurückschreckten – denen es gar nicht darauf angekommen wäre, Miss Cresswell zu beseitigen, wenn sie in die Enge getrieben worden wären. Verstehen Sie denn nicht, daß ich Margaret nicht in Gefahr bringen wollte?«

»Und glauben Sie, daß Sie jetzt etwas gegen Harding unternehmen können?«

Beale zuckte die Achseln.

»Vorerst muß ich warten, bis Miss Cresswell vernehmungsfähig ist.«

»Mrs. Beale«, murmelte Kitson, und der andere errötete.

»Bitte nennen Sie die junge Dame auch weiterhin Miss Cresswell, Mr. Kitson«, erwiderte Beale scharf. »Was sagt der Arzt?«

»Er hat ganz entschieden verboten, sie aus ihrem todesähnlichen Schlaf zu wecken. Sie liegt wie unter einer Art Narkose – wahrscheinlich die Nachwirkung irgendeines Betäubungsmittels. Ist Ihnen eigentlich klar, daß Miss Cresswell noch gar nichts davon weiß, daß sie mit Ihnen verheiratet ist? Die ganze Sache gefällt mir überhaupt nicht.«

»Sie können sich darauf verlassen, daß sie auch mir kein Vergnügen bereitet«, knurrte Beale.

»Was haben Sie denn nun eigentlich vor?« fragte Kitson wieder.

»Was haben Sie denn vor?« entgegnete Beale wütend. »Schließlich sind Sie doch ihr Anwalt.«

»Und Sie ihr Gatte«, sagte Kitson grimmig, »und das erinnert mich ...« Er ging zum Schreibtisch und holte ein Blatt Papier heraus. »Ich habe dies für Sie ausgestellt – ein Barscheck auf vierhunderttausend Pfund, das sind beinahe zwei Millionen Dollar. Ich bin verpflichtet, diese Summe dem Gatten Miss Cresswells am Tage ihrer Trauung auszuhändigen.«

Beale nahm den Scheck, las ihn sorgfältig durch und zerriß ihn dann in kleine Fetzen. Es gab eine Pause.

»Ich werde die Scheidung in die Wege leiten«, sagte er kurz.

»Und was wäre damit gewonnen?« erwiderte Mr. Kitson ernst. »Wir sind alle ein Opfer der Umstände, und meiner Meinung nach sollte man jetzt versuchen, das Beste aus dieser verfahrenen Situation zu machen.«

»Aber wie denn?«

»Versuchen Sie, sich ihre Zuneigung zu sichern. Sie selbst sind bis über beide Ohren in sie verliebt, das sieht jedes Kind – vielleicht haben Sie Glück und bringen es fertig, daß sie Sie auch liebt.«

Beale fuhr in die Höhe.

»Und dann?«

»Dann heiraten Sie Ihre Frau eben noch einmal«, entgegnete Kitson und steckte sich in aller Gemütsruhe eine Zigarre an. »Vergessen Sie nicht, daß sie nichts von ihrer Trauung weiß! Und es gibt kein Gesetz, das einem verbietet, seine eigene Frau zu heiraten, sooft man will. – Wir wollen doch einmal klarsehen, mein Lieber – ich halte Sie für einen ganz anständigen Kerl, und ich glaube, daß Sie durchaus in der Lage sind, Miss Cresswell glücklich zu machen. Und genau das ist es, was ich meinem Freund John Millinborn versprochen habe: dafür zu sorgen, daß seine Nichte einmal eine glückliche Ehe führt. Lassen Sie jetzt Margaret noch ein paar Tage in Ruhe, bis sie wieder ganz zu sich gekommen ist. Es gibt inzwischen noch anderes für Sie zu tun – bringen Sie vor allem Harding hinter Schloß und Riegel! Und zwar ohne daß Miss Cresswell mit in die Sache hineingezogen wird, denn sonst würde sie ja alle Begleitumstände ihres Abenteuers erfahren. Sie glauben, daß Sie Dr. Harding – ganz abgesehen von dem Mord an John Millinborn – noch eines anderen Verbrechens überführen können. Tun Sie es! Ich bin bereit, alle Kosten zu tragen.«

Er streckte die Hand aus, und Beale schlug mit aller Kraft ein.

»Ich danke Ihnen, Mr. Kitson. Das werde ich Ihnen nicht vergessen.«

Der Rechtsanwalt lächelte.

»Beruhigen Sie sich! In fünf Minuten wird Mr. White hier sein. Sie hatten mich doch gebeten, ihn zu mir zu bestellen.«

In diesem Moment klopfte es, und auf Mr. Kitsons »Herein!« stolzierte der Direktor von Punsonby ins Zimmer.

»Mr. Kitson?« sagte er und streckte seine Hand aus. »Ich habe Ihr Schreiben erhalten und bin pünktlich, wie Sie sehen. Um was handelt es sich denn eigentlich?«

»Kennen Sie Mr. Beale?«

Mr. White verbeugte sich steif.

»Ich bin ihm – hm – schon begegnet.«

»Ganz richtig, Mr. White«, erwiderte Beale. »Um offen zu sein, muß ich Ihnen sagen, daß ich es bin, der Sie sprechen will. Ich habe erfahren, daß Sie in finanzielle Schwierigkeiten geraten sind.«

»Wie kommen Sie denn darauf?« sagte der andere sehr von oben herab. »Sie täuschen sich ganz gewaltig, der Firma Punsonby ist es finanziell noch nie besser gegangen.«

Beale war ein wenig verdutzt. Er hatte sich auf Informationen aus sicherer Quelle verlassen, die besagten, daß Mr. White kurz vor dem Ruin stand. Dem ganzen Auftreten dieses Herrn nach schien das aber durchaus nicht der Fall zu sein.

»Soviel ich weiß, haben Sie doch bereits eine Gläubigerversammlung einberufen und ihr die Aktien eines gewissen Syndikats angeboten.«

Mr. White nickte gnädig mit dem Kopf.

»Das stimmt allerdings«, sagte er. »Inzwischen hat sich meine Lage aber grundlegend gewandelt. Diese Aktien sind bereits verkauft.«

»Verkauft? Hat Harding sie zurückgekauft?« erkundigte sich Beale.

»Natürlich. Und ich habe sogar noch ein gutes Geschäft dabei gemacht.«

»Jetzt passen Sie einmal auf, Mr. White: Sie waren hier in

eine sehr unsaubere Sache verwickelt, und ich habe genügend Beweise in der Hand, um Sie bei der Polizei anzeigen zu können. Eine Chance will ich Ihnen geben – beantworten Sie mir meine Fragen, und ich drücke vielleicht ein Auge zu.«

Mr. White ließ sich ohne weiteres einschüchtern. Als er das Wort Polizei hörte, wurde er blaß und konnte nur noch durch heftiges Kopfnicken seine Bereitwilligkeit ausdrücken, alles zu tun, was man von ihm verlangte.

»Schön, das ist Ihr Glück«, sagte Beale, der ihn scharf beobachtet hatte. »In welcher Form haben Sie Ihr Geld zurückerhalten?«

»Mit einem Scheck auf die Londoner Filiale der Valparaiso Getreidebank.«

Beale fuhr sich durchs Haar.

»Heute früh das Geld zurückgezahlt, dazu die Gleichgültigkeit, mit der er den Verlust des Mädchens hinnahm – das kann nur eines bedeuten ... Noch eine Frage, Mr. White: Sie wissen, daß Dr. Harding ein chemisches Produkt herzustellen beabsichtigte. Wo sind die Fabriken, in denen der Fertigungsprozeß vor sich gehen sollte? Sie waren doch sicher schon dort!«

Aber hier beteuerte Mr. Withe, daß er keine Informationen geben könne.

Es war ihm anzumerken, daß er wirklich nichts wußte.

»Dann sagen Sie mir wenigstens, ob Sie noch andere Wohnsitze Hardings kennen. Los, antworten Sie!«

»Aber ich habe doch wirklich keine Ahnung! Wenn ich Harding eine Nachricht zukommen lassen wollte, dann hat dies immer Miss Gordon, eine meiner Angestellten, für mich besorgt.«

»Hilde Gordon!« Beale schlug sich an die Stirn. Weshalb hatte er noch nie an die frühere Kollegin Margarets gedacht?

»Na, das ist ungefähr alles, was ich von Ihnen wissen will«, sagte er sanft. »Verschwinden Sie, und seien Sie froh, daß Sie Ihr Geld wiederhaben.«

»Wollen Sie damit sagen«, fragte White in seiner alten würdevollen Art, »daß Dr. Harding ein ganz alltäglicher Schwindler ist?«

»Nicht alltäglich«, entgegnete Beale. »Wahrhaftig nicht!«

22

Beale hatte eine lange Besprechung mit McNorton in Scotland Yard. Als er zurückkehrte, ließ er sich mit einem Berg Zeitungen aus aller Welt in Mr. Kitsons Arbeitszimmer nieder. Er sah sie sorgfältig durch und schnitt hier und da einen Absatz heraus.

»Was machen Sie denn da?« erkundigte sich Kitson erstaunt, als er gegen neun sein Zimmer betrat. Er war mit einem Freund beim Abendessen gewesen.

»Sehr interessante Nachrichten«, entgegnete Beale. »Und alle besagen das gleiche – auf der ganzen Welt steigen die Getreidepreise, weil geheimnisvolle Aufkäufer am Werk sind.«

»Und was soll das bedeuten?«

»Daß der große Tag, auf den Harding wartet, immer näher rückt«, sagte Beale ernst. »Haben Sie noch ein wenig Geduld – vielleicht kann ich Ihnen schon morgen die Geschichte einer Verschwörung erzählen, die bis jetzt ihresgleichen sucht – wie geht es übrigens Miss Cresswell?«

»Die Schwester meint, gut. Sie schläft jetzt wieder, aber vorher war sie wach und hat gegessen. Selbstverständlich hat sie sich erkundigt, wie es Ihnen geht – wenn es vielleicht das ist, was Sie hören wollen«, fügte er spitz hinzu.

Beale errötete und lachte verlegen.

»Ich muß gehen«, sagte er. »Hoffentlich treffe ich Miss Gordon an. Ich werde versuchen, ihr ein wenig Angst einzujagen, und nehme an, daß sie mich dann direkt in die Höhle des Löwen führen wird.«

Kitson begleitete ihn bis zur Hoteltür.

»Setzen Sie sich keiner unnötigen Gefahr aus«, sagte er, als sie sich trennten. »Vergessen Sie nicht, daß Sie verheiratet sind.«

»Genau das will ich aber vergessen«, knurrte Beale und winkte einem Taxi.

Er ließ sich nach dem Westend fahren. Der Wagen hielt vor einem schmutzig aussehenden Haus in einer ebenso schmutzigen Straße. Beale sagte dem Chauffeur, daß er warten solle, und stieg dann in einem muffig riechenden Treppenhaus bis in den dritten Stock. Ein Dienstmädchen öffnete auf sein Klingeln.

»Ich möchte Miss Gordon sprechen – eine Bestellung von Dr. Harding.«

Er wurde ins Wohnzimmer geführt, und eine Minute später stand ihm schon Miss Gordon gegenüber. Sie trat erschrocken einen Schritt zurück, als sie ihn erkannte.

»Sie sind der Mann, den ich bei Speranza getroffen habe . . .«, sagte sie unsicher.

»Ganz richtig, mein Name ist Beale.«

»Oh, ich habe schon von Ihnen gehört. Aus mir werden Sie nichts herausbekommen!« rief sie wütend.

»Hm, vielleicht doch«, erwiderte er ruhig. »Sie sind also die Freundin Hardings, wie? Er hat Ihnen die Stellung bei Punsonby verschafft, die Stellung, die Sie dazu benützt haben, drei Einschreibebriefe zu entwenden, die als Belastungsmaterial gegen Miss Cresswell dienen sollten.«

Eine Blutwelle schoß ihr ins Gesicht.

»Das ist eine Lüge!« stieß sie hervor.

»Sie können das dann dem Richter erzählen. Es ist Ihnen doch klar, daß Sie als Mitwisserin verurteilt werden, wenn Dr. Harding vor Gericht kommt? Und diesen sauberen Herrn werde ich noch heute nacht verhaften lassen.«

»Das können Sie nicht!« schrie sie. »Ihn verhaften? Diesen Mann, der klüger und besser ist als zehn von Ihrer Sorte!«

»Nun, das werden wir schon noch sehen. Begreifen Sie doch, Miss Gordon, das Spiel ist aus – ich weiß Bescheid über den grünen Brand und werde meine Informationen noch heute der Polizei weitergeben.«

Sie trat einen Schritt zurück und legte die Hand vor den Mund.

»Der – der grüne Brand?« hauchte sie. »Das wissen Sie?« Ihre Augen hingen wie gebannt an seinem Gesicht, und er sah in ihnen Zweifel, Wut und einen Schatten von Angst, schließlich aber ein klares Aufleuchten von Entschlossenheit. Als sie wieder sprach, war ihre Stimme fest.

»Gut, ich sehe ein, daß es keinen Sinn mehr hat«, sagte sie. »Sie wollen wissen, wo sich Dr. Harding jetzt aufhält, nicht wahr? Ich führe Sie hin.«

Er nickte, ging mit ihr in den Flur und half ihr in den Mantel.

»Vor der Tür wartet ein Taxi.«

»Wir können aber nur bis zur Baker Street damit fahren, sagen Sie das dem Chauffeur«, entgegnete sie.

Sie saß neben ihm im Wagen, ohne ein Wort zu sprechen. In der Baker Street ließ sie halten, und sie gingen zu Fuß weiter. Die Hauptstraße verließen sie schon nach hundert Metern, und dann führte sie ihn durch ein Labyrinth von kleinen Straßen und Gäßchen, die Beale völlig unbekannt waren.

»Wir sind da«, sagte sie nach zwanzig Minuten.

Sie standen vor einer verwitterten Mauer, hinter der sich ein langgestrecktes, niedriges Gebäude hinzog. Das Mädchen holte einen Schlüssel aus der Handtasche und öffnete eine kleine Pforte. Beale folgte ihr in einen Hof, in dem Abfallhaufen und verbogene Eisenteile unordentlich herumlagen. Geradewegs ging sie auf das niedrige Gebäude zu und öffnete eine zweite Tür.

»Es sind vierzehn Stufen bis unten«, sagte Miss Gordon. »Haben Sie eine Taschenlampe?«

Er gab ihr seine Taschenlampe, und sie leuchtete ihm eine feuchte Kellertreppe hinunter.

»Was ist das hier eigentlich?« fragte er, nachdem sie die Tür wieder versperrt hatte.

»Die Räume gehörten früher einem Weinhändler«, erwiderte sie kurz. »Kommen Sie mit. Oder haben Sie Angst?«

Am Ende der Stufen führte ein kurzer Gang zu einer dritten Tür, die sie ebenfalls öffnete, ohne sie aber hinter sich wieder zu verschließen. Zwölf Schritte vor sich sah er jetzt eine Stahltür.

»Das ist die letzte«, sagte sie, und er ging darauf zu.

Plötzlich erlosch das Licht der Taschenlampe, die sie in der Hand hielt. Er hörte hinter sich ein Schnappen und war sich über das Geschehene erst im klaren, als ihre höhnische Stimme durch die Tür drang, die sie eben durchschritten hatten.

»Nun, Mr. Beale, werden Sie den Doktor heute nacht wirklich verhaften? Sie haben doch alle Beweise in Händen!«

»Wenn ich Ihnen einen Rat geben darf, Miss Gordon«, sagte

Beale so ruhig wie möglich, »dann öffnen Sie diese Tür schleunigst wieder. Glauben Sie vielleicht, daß ich allein hierhergekommen bin? Man ist uns den ganzen Weg gefolgt.«

»Sie lügen ja«, entgegnete sie kühl. »Meinen Sie denn, darauf hätte ich nicht geachtet, als wir hierhergingen?«

Er tappte auf die Tür zu und rüttelte an der Klinke. Sie lachte laut, und gleich darauf hörte er, wie sich ihre Schritte entfernten.

»Na, soweit wären wir also gekommen«, murmelte er vor sich hin. »Meine kleine Freundin wird jetzt so schnell sie nur kann Harding benachrichtigen. Eine Stunde habe ich wohl noch Zeit, bevor die Schießerei beginnt.«

Er griff in die Hüfttasche und tastete nach seiner Pistole.

23

Dr. Harding hatte seine Abreise aus dem Haus in Staines durchaus nicht überstürzt. Er fühlte zwar ganz genau, daß ihn jede Stunde der Gefahr näherbrachte, aber er war auch davon überzeugt, daß diese Gefahr in keiner Verbindung mit der Entführung von Miss Cresswell stehen würde.

»Eine Woche habe ich noch Zeit, bis sie mir richtig auf der Spur sind«, sagte er zu Milsom, »und innerhalb dieser Woche kann ich alles erledigen.«

Es war Dienstag abend um zehn Uhr, als er und Milsom endlich aufbrachen. In schnellem Tempo rollte ihr Wagen durch die Vororte Londons.

»Beale bedeutet die größte Gefahr für uns«, meinte Dr. Harding nach einiger Zeit. »Er hat schon lange eine Ahnung von meinem Plan – er hat versucht, den alten Speranza auszuholen, und er erriet auch, warum ich es so eilig hatte, mir das Geld Millinborns zu sichern. – Ich glaube allen Ernstes, daß ich ihn um die Ecke bringen muß. Je schneller, desto besser!«

»Ein Mord?« entgegnete Milsom. »Das gefällt mir nicht besonders.«

»Er darf keinesfalls die Fabrik in Paddington finden! Dort ist genügend Beweismaterial, um uns zu erledigen.«

Man merkte Harding deutlich an, daß er unruhig war.

»Wir hätten die Produktion nicht so lange fortsetzen sollen. Sie hätten die Fabrik doch schon vor acht Tagen schließen können – wir haben längst so viel von dem Zeug, wie wir brauchen.«

»Reden Sie doch nicht so unsinnig daher, Milsom. Ich muß auf alle Fälle einen gewissen Spielraum haben.«

Die Unterhaltung wurde unterbrochen, bis sie durch die ersten hellerleuchteten Hauptstraßen kamen.

»Was wollen Sie eigentlich mit Hilde Gordon machen?« begann dann Milsom wieder. »Das Mädel ist bis über beide Ohren in Sie verliebt. Meinen Sie nicht, daß das noch Unannehmlichkeiten gibt?«

»Unsinn«, entgegnete der andere seelenruhig. »Hilde tut das, was ich ihr sage. Und wenn ich sie einmal nicht mehr brauche – nun ja, dann wird sich auch ein Weg finden . . .«

Am Marble Arch hielt der Wagen, und Milsom stieg aus. Harding fuhr allein weiter. Es war kurz vor Mitternacht, als er am Kroomanhaus ankam. Ein Mann schlenderte über die Straße, als er die Wagentür zuschlug. Es war einer von Beales Leuten. Harding blickte sich mit einem höhnischen Lächeln nach ihm um und stieg dann gelassen die Treppe hinauf.

Oben schloß er seine Wohnung auf und ging in sein Arbeitszimmer. Erschrocken blieb er dort stehen – am Tisch saß Hilde Gordon.

»Bist du verrückt?« rief er wütend. »Was machst du denn hier? Ich habe dir doch verboten hierherzukommen!«

Das Mädchen sprang auf und lief auf ihn zu; er sah ihr an, daß etwas sehr Wichtiges passiert war.

»Ich habe ihn, denk doch, ich habe ihn!«

»Du hast ihn? Wen?« fragte er stirnrunzelnd.

»Beale!« rief sie eifrig. »Er wollte dich heute abend verhaften, aber ich habe ihn an der Nase herumgeführt.«

Sie lachte hysterisch.

»Versuche zusammenhängend zu berichten, Hilde«, entgegnete er streng. »Was ist los?«

Das Mädchen erklärte ihm, was geschehen war. Nachdem sie alles erzählt hatte, starrte sie ihn angstvoll an.

»Habe ich es nicht richtig gemacht? Ich dachte, du würdest dich freuen . . .«

Er stand neben dem Tisch, biß sich auf die Lippen und dachte angestrengt nach.

»Gerade dorthin hast du ihn geführt, wo er hin wollte«, murmelte er. »Bist du dir wenigstens sicher, daß euch niemand gefolgt ist?«

»Völlig sicher! Ich habe ganz genau aufgepaßt.«

Er ging unruhig im Zimmer auf und ab.

»Nun, geschehen ist geschehen – und vielleicht ist es am besten so. Es war sowieso an der Zeit, mit Mr. Beale abzurechnen.«

Er schloß eine Schublade in seinem Schreibtisch auf, holte eine langläufige Pistole heraus und ließ das Magazin aus dem Griffstück schnappen. Sorgfältig prüfte er den Mechanismus der Waffe, schob das Magazin wieder in den Griff und lud durch.

»Ja, es ist wirklich höchste Zeit, daß ich mit diesem Herrn abrechne«, wiederholte er noch einmal, sicherte die Pistole und steckte sie in die Brusttasche seines Jacketts.

»Du gehst jetzt schleunigst nach Hause«, befahl er dem Mädchen, das ihn mit angstvoll geweiteten Augen beobachtet hatte. »Wahrscheinlich wird dir einer von Beales Leuten folgen, aber das macht jetzt auch nichts mehr aus.«

Er gab dem Mädchen einen Klaps, und sie verließ gehorsam seine Wohnung. Schon nach zehn Minuten folgte er ihr. Der Beobachter, der vor seiner Tür gestanden hatte, war verschwunden, und gleich darauf sauste sein Wagen in Richtung der Baker Street davon. Dort parkte er in einer kleinen Nebenstraße. Auch jetzt noch war er vorsichtig genug, ein Dutzend verschiedene Tricks anzuwenden, um etwaige Verfolger abzuschütteln. Als er die Pforte aufschloß, durch die das Mädchen vorher Beale geführt hatte, konnte er sicher sein, daß ihn niemand beobachtet hatte.

24

Stanford Beale verbrachte die ersten drei Minuten, nachdem Hilde Gordon ihn verlassen hatte, mit angestrengtem Nachdenken. Dann begann er seine Taschen zu untersuchen. Glücklicherweise trug er ein kleines Feuerzeug bei sich, das er erst am Nachmittag mit Benzin gefüllt hatte. Es würde ausreichen, um seine Umgebung genauer zu betrachten.

Der Gang, in dem er sich befand, war ungefähr fünf Meter lang und einen Meter breit. Von der gewölbten Decke hing ein Draht herunter, der offenbar zu einer ehemaligen elektrischen Leitung gehörte. Die Wände waren mit einem noch ziemlich neuen, dünnen Kalkanstrich versehen. Auf der rechten Wand sah er eine Aufschrift, die unter der Kalkschicht schwach hervortrat.

Er befeuchtete sein Taschentuch, rieb etwas von der weißen Farbe ab und las:

NGRIFF
CHTSORT
KENWAGEN
STE HILFE

Die andere Hälfte der Worte war genau in der Mitte abgeschnitten. Er dachte eine Zeitlang über die Buchstaben nach, bevor er ihren Sinn verstand.

»Luftangriff, Zufluchtsort, Krankenwagen und Erste Hilfe«, las er dann.

Diese Worte erklärten die elektrische Lichtleitung. Es war einer jener Luftschutzkeller, die die Stadtverwaltung während des letzten Krieges als Zufluchtsort für die Zivilbevölkerung bei Luftangriffen eingerichtet hatte. Anscheinend mußten hier ausgedehnte Räumlichkeiten vorhanden sein, da es sogar eine Unterkunftsstelle für Krankenwagen gab. Die andere Hälfte der Aufschrift war vermutlich auf eine Tür gemalt gewesen, die zur Ambulanz führte und inzwischen entfernt und zugemauert worden war. Nach dieser Entdeckung untersuchte Beale auch die andere Wand genauer. Auf einer Breite von fast einem Meter bestand sie aus neuen Ziegelsteinen. Es klang hohl, als er klopfte.

Beale stemmte seinen Rücken gegen die hinter ihm liegende Wand, setzte einen Fuß auf die neugemauerte Stelle und drückte dagegen.

Schon beim ersten starken Druck fühlte er, daß die Wand nachgab. Das nächstemal stemmte er beide Füße an und nahm seine ganze Kraft zusammen. Einen Augenblick später lag er auf dem Rücken. Der größte Teil der Wand war zusammengebrochen.

Frische Luft wehte ihm entgegen, als er vorsichtig über den Schutthaufen kletterte. Sechs steinerne Stufen führten hinunter in einen kleinen Raum, der ein Waschbecken mit fließendem Wasser, zwei Feldbetten und etwas Verbandsmaterial enthielt. Am meisten interessierte ihn eine Tür, die auf seiner Seite zugeriegelt war. Er löschte sein Feuerzeug und öffnete sie vorsichtig. Die Tür führte in einen anderen Raum, der ebenfalls leer war. Er konnte nur Regale und alte Weinflaschengestelle entdekken. In der hinteren Ecke sah er noch eine Tür, die ebenfalls von innen verriegelt war.

Beale hörte entfernt Geräusche und war überzeugt, daß sich in diesem Haus die langgesuchte Fabrik Dr. Hardings befand. Er zog seine Pistole heraus, entsicherte sie und steckte sie griffbereit in den Hosenbund. Dann zog er vorsichtig den Riegel zurück und öffnete die Tür einen Spalt.

Ein hellgrünes Licht blendete ihn. Er wagte nicht, die Tür weiter aufzumachen, denn er hörte Schritte und ab und zu gedämpfte Stimmen.

Als sich die Schritte wieder entfernt hatten, zog er die Tür noch einen Zentimeter weiter auf. Was er sah, erfüllte ihn mit Zuversicht. Zwischen der Tür und dem übrigen Raum waren eine Menge leerer Kisten aufgestapelt, so daß man ihn nicht sofort entdecken konnte. An der gegenüberliegenden Wand befand sich eine Leuchtröhre, die das unheimliche grüne Licht ausstrahlte.

Eine kleine Leiter war an die Kisten gelehnt. Beale hob sie geräuschlos auf, lehnte sie gegen den Stapel und stieg vorsichtig hinauf. Vor ihm lag ein großer, breiter Raum, der durch zahlreiche von der Decke herabhängende Lampen erleuchtet wurde.

Hinter drei langen Tischreihen saßen in weiße Kittel gehüllte Gestalten, die Gesichter hinter Schutzmasken verborgen. An jedem Arbeitsplatz waren ein Mikroskop und verschiedene chemische Gerätschaften aufgebaut.

Beale zog die Luft ein – ein beizender Verwesungsgeruch stieg ihm in die Nase. Nur ein Teil des Raumes war von seinem Platz aus zu übersehen, aber es war ihm klar, daß er hier die Produktionsstätte vor sich hatte, in der Hardings Giftstoff hergestellt wurde.

Fast eine halbe Stunde lang beobachtete Beale den Arbeitsvorgang. Er sah, wie ein graugrünes Pulver in Glasröhrchen gefüllt wurde, die ein Arbeiter dann fest verschloß. Ein anderer Arbeiter legte die zerbrechlichen Röhrchen vorsichtig in auswattierte Schachteln, die wiederum in kleine Kisten verpackt wurden. Es waren die gleichen Kisten, wie er sie als Deckung benutzte; vorsichtig öffnete er eine und wollte gerade eine Schachtel herausholen, als er hinter sich eine schrille Stimme hörte.

»Was machen Sie denn da, he?«

Hinter einem der Kistenstapel hatte sich einer der weißgekleideten Männer herangeschlichen. Die Gesichtsmaske hatte er abgenommen; in der Hand hielt er eine schwere Pistole, deren Mündung auf Beale gerichtet war.

»Nicht schießen, mein Freund«, sagte er ruhig. »Ich komme ja schon.«

25

Dr. Harding ging schnell in sein Arbeitszimmer im ersten Stock der Fabrik – einen kleinen, nüchtern eingerichteten Raum. Ein Druck auf einen Knopf rief seinen Ersten Assistenten Milsom herein.

»Ein unerwartetes Vergnügen«, sagte Milsom erstaunt. »Gibt es etwas Besonderes?«

»Allerdings«, entgegnete Harding. »Unser guter Freund, Mr. Beale, befindet sich ganz in unserer Nähe.«

Er gab Milsom einen kurzen Bericht der jüngsten Ereignisse.

»Und Sie wollen ihn erledigen?« erkundigte sich sein Assistent nachdenklich.

»Natürlich! Am besten wird es sein, wir verwenden Gas. Schicken Sie die Männer weg. Ich möchte keine Zeugen haben.«

Milsom ging hinaus und traf seine Anordnungen. Als er wiederkam, wollte ihn Harding gleich mit sich ziehen, doch Milsom hielt ihn noch zurück.

»Einen Augenblick noch, Harding«, sagte er. »Wann fangen wir eigentlich an, hier abzubauen?«

Harding dachte nach.

»In zwei Tagen«, sagte er. »Die Männer hier erhalten Fahrkarten ins Ausland – das ist alles schon längst geregelt. Und Sie selbst wissen ja Bescheid. Sie werden mir übrigens fehlen, wenn ich Sie nicht mehr zu meiner Unterstützung bei mir habe. Was wollen Sie eigentlich tun, wenn alles erledigt ist und Sie sich mit nichts mehr zu beschäftigen brauchen als mit Ihrem fetten Bankkonto?«

»Nun, ich denke an ein Haus in Argentinien – mit einem Laboratorium, in dem ich endlich meinen wissenschaftlichen Hobbys nachgehen kann.«

Harding blickte seinen Mitarbeiter mit einem halb verächtlichen Lächeln an.

»Das reizt Sie also! Mich interessiert nur das Bewußtsein, Macht zu haben – ich will die Finanzen der ganzen Welt kontrollieren können!«

Ein fanatisches Leuchten lag in seinen Augen, das Milsom mit einem verständnislosen Achselzucken quittierte.

Sie gingen nebeneinander die Treppe hinunter und betraten den großen Arbeitssaal, der jetzt leer war. Nur ein Arbeiter saß noch am Ende eines der langen Tische und schaute durch sein Mikroskop.

»Was tut denn Bridgers noch hier?« murmelte Milsom. »Er ist in der letzten Zeit wirklich kaum noch zurechnungsfähig. Höchstwahrscheinlich schnappt er bald über.«

Sie gingen auf den Mann zu, der sie gar nicht zu bemerken schien.

»Na, Bridgers, was soll dieser plötzliche Arbeitseifer?«

Der Angeredete knurrte etwas Unverständliches hinter seinem Gesichtsschutz.

»Wird eigentlich der Tod Mr. Beales irgendeine Änderung in Ihren Plänen mit sich bringen?« wandte sich Milsom plötzlich an Harding. Seinem unzufriedenen Gesichtsausdruck nach zu schließen, schien ihm einiges nicht ganz ins Konzept zu passen. »Vielleicht wollen Sie sogar seine Witwe heiraten, wie?«

»Ich denke nicht daran«, erwiderte der Doktor.

»Und außerdem ist sie noch gar nicht Witwe.«

Der letzte Satz stammte nicht von Harding, sondern von dem eifrigen Arbeiter, der immer noch an seinem Mikroskop hantierte.

»Behalten Sie Ihre Weisheiten für sich, Bridgers«, fuhr ihn Harding wütend an. »Und verschwinden Sie endlich!«

Der Mann stand langsam auf und zog seinen Gesichtsschutz herunter.

»Ich brauche mich nicht vorzustellen, wie? Aber falls sich einer der Herren nicht an mich erinnern sollte – mein Name ist Beale«, sagte er ruhig. Gleichzeitig erschien in seiner Hand wie durch Zauberei eine kurzläufige, großkalibrige Pistole. »Wenn Sie es übrigens auf einen Versuch ankommen lassen wollen – ich bin ein ausgezeichneter Schütze.«

Gemächlich schob Mr. Beale das Mikroskop zurück und setzte sich auf den Arbeitstisch.

»Sie haben mich soeben Bridgers genannt«, sagte er dann. »Diesen Mann werden Sie in dem Raum hinter den Kistenstapeln finden. Er hat mich nämlich überrascht, als ich hier herumspionierte, und wollte mich gleich niederknallen. Ich habe ihn aber dazu überredet, mir zu folgen; das übrige war leicht bei seiner Verfassung. Nun, Dr. Harding, haben Sie etwas dagegen, wenn ich Sie auf der Stelle verhafte?«

Harding lächelte geringschätzig.

»Dazu haben Sie keinerlei Berechtigung. Sie sind ja nicht einmal Polizeibeamter, sondern nur ein kleiner Amateurdetektiv.«

»Mit welcher Begründung wollen Sie Dr. Harding verhaften?« mischte sich Milsom ein.

»Nehmen wir einmal an, daß ich über den Charakter dieses Laboratoriums Bescheid weiß«, antwortete Beale ruhig.

»Ich glaube kam, daß Sie bei der Polizei mit erfundenen Geschichten ankommen werden, die Sie gar nicht beweisen können«, sagte der Doktor und zündete sich gelassen eine Zigarette an.

Beale sprang vom Tisch herunter.

»Den Beweis habe ich hier«, sagte er und hielt ein versiegeltes Röhrchen hoch, das bis zum Rand mit einem grünen Pulver gefüllt war. »Ihre Träume, mein lieber Doktor, deren Verwirklichung die halbe Menschheit ins Verderben stürzen würde, und für die Sie bereits zwei Menschen ermordet haben, werden sich nicht erfüllen.«

In diesem Augenblick gab es einen scharfen Knall. Beale spürte, daß eine Kugel an ihm vorbeipfiff, und fuhr herum.

26

Eine wild aussehende Gestalt stand in der Nähe der Kisten, eine Pistole in der Hand – es war Bridgers, den Beale gefesselt im Lazarettzimmer zurückgelassen hatte.

»Ich kriege Sie schon noch!« schrie Bridgers. »Weg von ihm – Vorsicht!«

Beale hob die Hand und drückte ab, aber Bridgers war hinter den Kisten in Deckung gegangen. Sein nächster Schuß traf die Schalttafel an der Wand, und sämtliche Lichter erloschen.

Beale hielt das Glasröhrchen noch immer in der linken Hand. Gedankenschnell warf sich Milsom auf den Detektiv und packte seine Handgelenke.

Noch ehe sich Beale losreißen konnte, wurde ihm das Röhrchen weggenommen. Jemand schlug ihm die Pistole aus der anderen Hand. Dann hörte er einen dumpfen Knall und schnell sich entfernende Schritte. Irgendwo kreischte eine Tür, und Beale stolperte blindlings in diese Richtung. Schließlich fand er einen Ausgang, tastete sich eine Treppe hinunter und stand zwei Minuten später auf der Straße.

Die Männer waren verschwunden. Nachdem er ein Stück gelaufen war, stieß er auf einen Polizisten. Dieser pflichtbewußte Beamte weigerte sich aber mitzugehen und gab ihm den Rat, sich an die nächste Polizeiwache zu wenden. Dort stürzte er sofort ans Telefon, um McNorton zu verständigen.

»Ich habe die Fabrik gefunden, die ich suchte, McNorton«, sagte er, als er den Beamten endlich am anderen Ende der Leitung hatte. »Morgen früh erkläre ich Ihnen die ganze Geschichte. Wir werden dann am besten eine Hausdurchsuchung vornehmen. Jetzt schicken Sie bitte fünf Beamte hin und lassen das Gebäude bewachen.«

Er beschrieb dem Inspektor genau die Lage der Fabrik.

»Warten Sie noch einen Augenblick«, sagte McNorton, nachdem er alles notiert hatte. »Ich möchte dem Chefinspektor von Scotland Yard gleich Bericht erstatten, vielleicht will er mit Ihnen sprechen.«

Es knackte in der Leitung, und Beale faßte sich in Geduld, bis sich nach fünf Minuten McNorton wieder meldete.

»Hallo, Beale, sind Sie noch da? Der Chefinspektor möchte mit Ihnen persönlich reden. Nehmen Sie sich doch bitte ein Taxi und fahren Sie gleich zu ihm.«

Seufzend gab Beale seine Zustimmung.

Chefinspektor O'Donnel, ein im Dienst ergrauter Beamter, erwartete ihn bereits. McNorton war gleichfalls in seinem Büro.

Der Chefinspektor ließ Kaffee bringen, der Beales Lebensgeister wieder etwas auffrischte, und bat ihn dann, von vorne anzufangen.

»Es ist an und für sich ganz einfach«, begann Beale. »Ich war bis vor kurzem Beamter der amerikanischen Kriminalpolizei und hatte als solcher meistens wichtige Sonderaufgaben zu bearbeiten. Während eines längeren Urlaubs kam ich auf Ersuchen von Mr. Kitson, der Ihnen ja bekannt ist, nach Europa, um mich einige Zeit der Überwachung von Miss Cresswell und Dr. Harding zu widmen. Eines Tages, als ich heimlich das Zimmer des Doktors durchstöberte – ich wollte irgendeinen Beweis in bezug auf den Millinborn-Mord finden –, entdeckte ich dieses.« Er zog einen Zeitungsausschnitt aus seiner Brieftasche und legte ihn auf den Tisch. »Er stammt aus ›El Imparcial‹, einer spanischen Zeitung. Ich übersetze:

›Dank der überragenden Kenntnisse des Dr. Alfonso Romanos, des Oberstabsarztes von Vigo, ist den Bauern dieser Gegend eine höchst bedauerliche Katastrophe erspart geblieben. Letzten Montag machte nämlich Señor Don Martin Fernardey aus La Linia die erstaunliche Entdeckung, daß eines seiner Weizenfelder über Nacht abgefault war und sich bereits im Zustand der Verwesung befand. Völlig außer sich, benachrichtigte er den Oberstabsarzt in Vigo, der in Begleitung eines ausländischen Chemikers schnell zur Stelle war. Glücklicherweise stellte sich heraus, daß letzterer ein hervorragender Bakteriologe ist. Die Untersuchung des verfaulten Weizens, der einen widerlichen Geruch verbreitete, ergab höchst merkwürdige Tatsachen. Der Weizen war von einer Krankheit befallen worden, die noch völlig unbekannt ist. Es muß sich um irgendeinen schädlichen Pilz handeln, der sich mit unglaublicher Schnelligkeit vermehrt. Wie man hört, hat der ausländische Chemiker die Krankheit als ›grünen Brand‹ bezeichnet. Das Feld wurde mit Benzin übergossen und abgebrannt. Glücklicherweise war die Ausdehnung des Schadens gering.‹

Der ausländische Chemiker«, fuhr Beale fort, »war Harding, der damals in Vigo seinen Sommerurlaub verbracht hatte. Die Sache schien mir im Zusammenhang mit anderen Dingen, die mir an Harding aufgefallen waren, so interessant zu sein, daß ich in Vigo bei Dr. Romanos nachforschen ließ. Dieser Herr, der früher mit Harding befreundet gewesen war, erinnerte sich noch genau an den Vorfall. Harding hatte seinerzeit einige Proben des verfaulten Weizens mitgenommen und hatte ihm gesagt, daß er ihn vom Ergebnis seiner Nachforschungen unterrichten werde. Natürlich hat er das niemals getan.

Soviel ich feststellen konnte, experimentierte Harding lange Zeit mit den mitgenommenen Proben, bis er endlich den Nährboden gefunden hatte, auf dem die gefährlichen Bakterien am besten gediehen. Er stellte eine ganze Reihe heruntergekommener Wissenschaftler an, die in seinem Auftrag eine Methode entwikkelten, welche es möglich machte, Bakterien des grünen Brandes in jeder beliebigen Menge – sozusagen fabrikmäßig – zu züchten und zu sammeln.«

»Und was will Harding damit bezwecken, um Himmels willen?« fragte der Chefinspektor.

»Ich komme gleich darauf zu sprechen. Im Laufe meiner weiteren Nachforschungen habe ich dann entdeckt, daß er sehr genaue Daten über die großen Getreidefelder der ganzen Welt sammelte. Ich schloß aus seinen Vorbereitungen, daß er beabsichtigte, ein Heer von Agenten in alle Welt zu schicken, die auf ein gewisses Signal hin die Bakterien auf die Felder der Getreideanbaugebiete verteilen würden.«

»Aber man kann doch nicht mit Bakterien allein die riesigen Getreidefelder Amerikas auf einen Schlag vernichten?«

Beale nickte.

»Mr. O'Donnel«, sagte er ernst. »Die Wirksamkeit der Bakterien wurde im Lauf der Experimente vervielfacht. Wenn ich ein Röhrchen mit diesem Giftstoff in der Ecke eines zehntausend Morgen großen Feldes zerbreche, ist das ganze Getreide innerhalb von vierundzwanzig Stunden verwest. Die Bakterien vermehren sich schon nach Stunden um das Milliardenfache. Ich glaube sicher, daß zwanzig von Hardings Agenten die gesamte Ernte der Vereinigten Staaten während einer Woche vernichten könnten.«

»Aber weshalb sollte er das tun?«

»Das Ziel aller dieser Machenschaften sind Dividenden – Dividenden im Wert von ungezählten Millionen«, sagte Beale langsam. »Bis gestern arbeitete Harding noch mit Privatmitteln. Heute ist das nicht mehr der Fall. Es existiert jetzt ein großes Syndikat, das ihn finanziert, und der Hauptaktionär ist eine südamerikanische Getreidebank. Nur so nebenbei und um sich ihr Geld zu sichern, wollte er die Erbin von John Millinborn zur Heirat zwingen.«

Der Chefinspektor kaute an seiner Zigarre.

»Ich sehe schon, das überschreitet meine Kompetenzen. Ich werde mit dem Innenministerium Rücksprache nehmen müssen. Bitte warten Sie hier auf mich.«

Er ging hinaus, kam aber schon nach kurzer Zeit wieder zurück.

»Ich habe eben mit dem Unterstaatssekretär telefoniert. Wir werden gegen Harding auf Grund des Beweismaterials vorgehen, das hoffentlich in der Fabrik gefunden wird. Sie sollen den Fall übernehmen, McNorton. Haben Sie schon eine Durchsuchungsgenehmigung? Gut!«

Er schüttelte Beale die Hand.

»Sie werden durch diese Geschichte ein berühmter Mann werden, Mr. Beale«, sagte er anerkennend.

»Das wäre mir nicht gerade angenehm«, antwortete Beale lächelnd.

Sie gingen in McNortons Büro.

»Einen Augenblick«, sagte der Chefinspektor, als er auf seinem Schreibtisch ein verschlossenes Kuvert entdeckte. Das Schreiben kam vom Zweiten Polizeirevier. Er riß den Umschlag auf, überflog den Inhalt mit einem Blick und fluchte.

»Aus mit Ihrem Beweismaterial, Beale«, sagte er.

»Was ist denn los?«

»Die Fabrik ist heute nacht bis auf die Grundmauern abgebrannt«, antwortete der Chefinspektor.

Beale starrte aus dem Fenster.

»Können wir Harding auf Grund der Zeugenaussage von Professor Speranza verhaften?«

Statt einer Antwort gab ihm McNorton den Brief. Er lautete:

›Fabrik in Playbury Street, die unter Polizeibewachung stand, durch Feuer, das im Erdgeschoß ausbrach, völlig zerstört. Eine aufgefundene Leiche wurde als ein Mann namens Speranza identifiziert.‹

27

Als Beale am Montag früh nach Whitehall ging, hörte er den lauten Ruf eines Zeitungsverkäufers und fing das Wort ›Weizen‹ auf. Rasch riß der dem Mann ein Blatt aus der Hand und las:

›Die Weizenbörsen der ganzen Welt sind in einem chaotischen Zustand. Die Preise liegen bereits über den Rekordzahlen der letzten Kriegstage.‹

Er trat rasch in eine Telefonzelle und rief McNorton an.

»Haben Sie die Zeitungen gesehen?« fragte er.

»Nein, aber ich habe die Neuigkeiten bereits gehört. Es handelt sich doch um die Weizenpreise?«

»Ja – das Spiel hat begonnen.«

»Wo sind Sie denn im Augenblick? – Warten Sie, ich komme gleich.«

Drei Minuten später erschien McNorton. Beale winkte einem Taxi, und sie fuhren zusammen zu Kitsons Hotel.

»Gegen Harding, Milsom und Hilde Gordon sind Haftbefehle erlassen worden«, sagte McNorton. »Bis jetzt fehlt allerdings jede Spur von ihnen. Sämtliche Eisenbahnstationen, Häfen und Flugplätze werden kontrolliert.«

»Wir müssen vor allem Harding finden«, antwortete Beale. »Er gehört zu den Menschen, die alle Macht in ihren eigenen Händen konzentrieren wollen, und ich glaube, daß wir die Katastrophe verhindern können, wenn wir nur ihn zu fassen bekommen.«

Im Hotel erwartete sie bereits Mr. Kitson.

»Ich habe gerade mit dem Staatssekretär für Landwirtschaft gesprochen«, begrüßte er sie ernst. »Viel zuviel von der Geschichte ist schon an die Öffentlichkeit gedrungen – es wird eine Panik geben! Der Mehlpreis wird in astronomische Höhen klettern.«

In diesem Augenblick öffnete sich die Tür, und ein grauhaariger Herr trat ins Zimmer.

»Lord Sevington, der Außenminister«, flüsterte McNorton

»Mr. Beale, die phantastische Geschichte, die Sie mir damals erzählt haben, scheint doch nicht so phantastisch zu sein«, begann der Minister ohne Umschweife und streckte Beale die Hand hin. »Ich habe mich entschlossen, selbst zu Ihnen zu kommen, um mit Ihrer Unterstützung einen Ausweg aus dieser verzwickten Situation zu finden. Wär' ich damals Ihrem Rat gefolgt, säße der Gauner jetzt schon hinter Schloß und Riegel. – Es ist Ihnen doch bekannt, daß Mr. Beale schon seit einiger Zeit mit dem Außenministerium in Verbindung steht?« wandte er sich an Kitson.

»Das wußte ich allerdings nicht«, entgegnete der Rechtsanwalt überrascht.

»Wir hielten seinen Bericht damals mehr oder weniger für eine jener packenden Geschichten, wie sie von amerikanischen Zeitungen bevorzugt werden«, lächelte der Minister.

»Ich verstehe die Sache immer noch nicht ganz«, murmelte Kitson. »Was für einen finanziellen Gewinn hat Harding denn davon, wenn er die Ernte der ganzen Welt vernichtet?«

»Sehr einfach«, antwortete der Minister. »Die südamerikanischen Getreidefelder bleiben unberührt – und diese Felder hat Harding durch die südamerikanische Bank, die ihn finanziert, in der Hand. Verstehen Sie jetzt, daß er dann jeden Preis diktieren kann?«

»Und kann man nicht alle Felder bewachen?«

»Das ist völlig unmöglich«, erwiderte Beale. »Die einzige Hoffnung besteht darin, Harding zu fassen und damit die Quelle der ganzen Verschwörung zu verstopfen.«

»Andernfalls müßten wir zwölf Monate bis zur nächsten Ernte ausharren«, murmelte der Minister.

»Sie täuschen sich, Sir«, sagte Beale ernst. »Meinen Informationen nach – und ich kann mich für ihre Richtigkeit verbürgen – macht der grüne Brand den Boden für mehr als zehn Jahre keimunfähig.«

Die vier Männer starrten sich hilflos an. Der erste, der nach einer langen Pause wieder zu reden begann, war der Minister.

»Mr. Beale«, sagte er. »Sie haben unbegrenzte Vollmachten, zu handeln, wie es Ihnen gut erscheint. Jedes Hilfsmittel, das Sie brauchen, steht zu Ihrer Verfügung. Ich bin mir jetzt über die

Situation völlig im klaren – wenn Sie Dr. Harding nicht erwischen, gibt es keine Chance mehr für uns.«

Mit einem kurzen Kopfnicken eilte er zur Tür hinaus.

»Leicht gesagt«, meinte Kitson. »Aber wie wollen Sie diesen durchtriebenen Schuft erwischen, Beale?«

»Ich weiß es noch nicht«, entgegnete Beale. »Es wird die Aufgabe meines Lebens.«

Harding war spurlos verschwunden. Es konnte festgestellt werden, daß er zusammen mit einem Begleiter – wahrscheinlich war es Milsom – in einem Auto fortgefahren war. Ob nach Osten oder Westen, nach Norden oder Süden wußte niemand. Kriminalbeamte, die seine Wohnung durchsuchten, fanden keinerlei Anhaltspunkte.

Jede Eisenbahnstation, jeder Hafen wurde von Polizei und Militär aufs schärfste bewacht. Ein allgemeines Start- und Landeverbot für Flugzeuge aller Art trat in Kraft. England wurde zu einer von der Außenwelt isolierten Insel. Die einzige Fotografie, die von Harding existierte, hing in zehnfacher Vergrößerung an jeder Straßenecke.

Um zwei Uhr nachts wurde Hilde Gordon verhaftet und sofort vernommen. Sie war völlig apathisch und sagte kein Wort. Offensichtlich hatte sie selbst keine Ahnung, wo Harding steckte, und war verzweifelt darüber, daß er sie einfach sitzengelassen hatte.

Die Lage spitzte sich zu, Panikstimmung herrschte in allen Hauptstädten, als bekanntgegeben wurde, daß ab fünf Uhr auch die telegrafischen und telefonischen Verbindungen mit dem Festland eingestellt würden.

Was nützte das aber alles? Man mußte doch annehmen, daß Harding irgendwo einen Geheimsender in Betrieb hatte, mit dem er ohne weiteres seinen Vertrauensmännern in Europa das Zeichen zum Losschlagen geben konnte.

Mr. Kitsons Hotel war zum Hauptquartier geworden. Als Mr. Beale abgehetzt in das Zimmer des Rechtsanwalts trat, fand er dort außer McNorton und zwei hohen Kriminalbeamten einen Unterstaatssekretär des Außenministeriums sowie einen der bedeutendsten Wissenschaftler des Landes, der als Sachverständiger berufen worden war. Beale schüttelte auf McNortons fragenden Blick hin den Kopf und wollte sich eben in einen Sessel fallen lassen, als ihn Kitson zu sich ans Fenster winkte.

»Mr. Beale«, sagte er leise, »im Nebenzimmer ist jemand, der Sie dringend sprechen möchte. Ihre Zeit wird in den nächsten Tagen so in Anspruch genommen sein, daß Sie diese Gelegenheit wahrnehmen sollten.«

»Miss Cresswell?« fragte Beale heiser.

Der alte Mann nickte.

»Was weiß sie denn?«

»Das müssen Sie selbst herausbekommen«, entgegnete Kitson und schob ihn zur Tür hin.

Mit einem Gefühl wie ein Schüler, der auf frischer Tat ertappt worden ist, trat Beale vor das Mädchen, das dem Gesetz nach seine Frau war.

28

Sie stand auf und ging ihm entgegen. Er hatte derartiges Herzklopfen, daß er glaubte, sie müsse es hören. Margaret war sehr blaß; um ihre Augen lagen dunkle Schatten.

»Es gibt soviel, wofür ich Ihnen danken muß, Mr. Beale«, sagte sie und streckte ihm lächelnd die Hand entgegen. »Mr. Kitson hat mir gesagt, daß Sie mich befreit haben.«

»Hat er das gesagt?« fragte er verlegen und dachte darüber nach, was ihr Kitson wohl sonst noch gesagt haben mochte.

Sie setzte sich wieder auf den Stuhl, von dem sie sich bei seinem Eintritt erhoben hatte, und bat ihn, ebenfalls Platz zu nehmen.

»Sie haben einen schwierigen Tag hinter sich, nicht wahr?« erkundigte sie sich freundlich. »Konnten Sie Dr. Harding verhaften?« – Er schüttelte den Kopf.

»Bevor man ihn verhaftet«, fuhr sie zögernd fort, »möchte ich, daß eine Angelegenheit geklärt wird. Ich habe Mr. Kitson gefragt, aber er sagte mir nur, daß Sie mir alles erzählen würden.«

»Was ist es denn?« fragte er ernst.

»Bitte sagen Sie mir, ob ich ohne mein Wissen getraut wurde!«

Er machte einige vergebliche Versuche zu sprechen, dann nickte er nur.

»Das habe ich befürchtet. Leider kann ich mich an gar nichts mehr erinnern. Ich weiß nur, daß Dr. Harding mir irgendeine Spritze gab und daß ich daraufhin bewußtlos wurde.«

»Sonst können Sie sich auf nichts besinnen?«

»Auf nichts«, sagte sie. »Aber jetzt müssen Sie mir alles erzählen.«

Beale entdeckte, daß er vor lauter Nervosität auf dem Rand des Stuhles saß, und kam sich erbärmlich feig vor. Sie sah ihn so erwartungsvoll an, daß er schließlich begann.

»Ich wußte die ganze Zeit, daß Harding die Absicht hatte, Sie zu heiraten. Es war mir auch klar, daß er es auf Ihr Geld abgesehen hatte.«

»Das klingt nicht gerade schmeichelhaft«, unterbrach sie ihn lächelnd.

»Bitte entschuldigen Sie, daß ich mich so plump ausgedrückt habe, aber Sie werden mir hoffentlich verzeihen, wenn Sie erfahren, was ich Ihnen noch sagen muß.«

»Harding hat mich also geheiratet«, sagte sie nachdenklich. »Ich will die Heirat so bald wie möglich lösen. – Mr. Kitson hat mir erzählt, daß Sie mir nach Deans Folly gefolgt sind, Mr. Beale?«

»Ja, ja«, erwiderte er, »aber vorher muß ich Ihnen noch einiges erklären. Ich hatte mir nämlich überlegt, daß Hardings Interesse an Ihnen vielleicht schwinden würde, wenn Sie schon verheiratet wären.«

»Aber ich war ja nicht verheiratet«, sagte sie verständnislos.

»Warten Sie«, bat er. »Ich hatte vor, Harding zu täuschen. Er sollte glauben, daß ich bereits mit Ihnen verheiratet sei, und ich verschaffte mir zu diesem Zweck eine Heiratslizenz. Ich fand auch einen früheren Pfarrer, der mich bei meinen Plänen unterstützen wollte.«

»Sie haben sich eine Lizenz besorgt, um mich zu heiraten?« fragte sie atemlos.

Er nickte.

»Als ich Sie suchte, schleppte ich den Pfarrer ständig mit mir. Ich wußte, daß keine Zeit zu verlieren war und Harding vor die vollendete Tatsache gestellt werden mußte ...«

Sie sprang lachend auf.

»Jetzt verstehe ich«, rief sie. »Das ist ja fabelhaft! Und Sie haben diese Scheinzeremonie wirklich mitgemacht? Wo war ich denn eigentlich?«

»Sie standen am Fenster«, erwiderte er gedrückt.

»Und Sie standen mit Ihrem falschen Pfarrer draußen – einfach köstlich! Also wurde ich gar nicht getraut, und das gehört Ihnen.« Sie wollte ihm den Ring geben, aber er schüttelte den Kopf.

»Sie sind doch getraut worden«, sagte er mit leiser Stimme.

»Das verstehe ich nicht.«

»Der Mann war ein wirklicher Pfarrer, und die Trauung ist legal.«

Sie sahen einander stumm an, bis Beale den Kopf senkte. Er wartete auf ihre nächsten Worte wie ein Verbrecher auf sein Urteil.

»Dann bin ich also wirklich verheiratet – und zwar mit Ihnen«, sagte sie schließlich verwundert.

Er sah nicht, daß sie ihn dabei ganz vergnügt anlächelte, sondern studierte immer noch verzweifelt seine Schuhspitzen.

»Mr. Kitson wird Ihnen sagen, was für Schritte Sie unternehmen müssen, um mich wieder loszuwerden«, murmelte er unglücklich. »Ich bin bereit, alles zu tun ...«

Sie hatte den Ring hingelegt, nahm ihn jetzt aber wieder in die Hand und betrachtete ihn.

»Eigentlich ist er recht hübsch, nicht wahr?« fragte sie.

Er blickte auf, und als sie sein kummervolles Gesicht sah, lachte sie so fröhlich, daß er zum Schluß selbst mitlachen mußte.

»Die Sache hat unbedingt auch ihre komischen Seiten«, sagte sie und wischte sich die Augen. »Wie Sie sehen, habe ich meine erste Neigung, ohnmächtig zu werden, bereits überwunden – aber was sollen wir jetzt tun?«

»Lassen Sie es doch bitte vorerst ein paar Tage so, wie es ist«, bat er verlegen. »Bevor Harding nicht hinter Schloß und Riegel sitzt, kann ich kaum an etwas anderes denken – obwohl ich viel lieber an etwas anderes denken möchte . . .«, fügte er leise hinzu.

»Sie sollten sich nicht zu sehr in Gefahr begeben«, entgegnete sie. »Harding schreckt vor nichts zurück. Ist Milsom eigentlich noch bei ihm?«

»Milsom ist meiner Meinung nach die schwache Stelle in Hardings Plan«, sagte Beale. »Das wenige, was ich von ihm gesehen habe, bringt mich zu der Annahme, daß Milsom nicht der Mann ist, blindlings das zu tun, was der Doktor von ihm verlangt.«

»Ich wünsche Ihnen viel Glück«, entgegnete sie mit ein wenig zitternder Stimme.

Er schüttelte ihr schweigend die Hand.

»Einen Augenblick noch«, sagte er dann und zog ein dickes Buch aus der Tasche.

»Haben Sie mir etwas zum Lesen gekauft?« fragte sie verwundert.

Er nickte und hielt das Buch so, daß sie den Titel sehen konnte.

»›Ein Freund in der Not‹, von Stanford Beale«, las sie. »Ich wußte gar nicht, daß Sie Bücher schreiben!«

»Oh, Sie wissen noch vieles nicht«, entgegnete er leichthin. »Darf ich das Buch hier in das Bücherregal stellen?«

»Und darf ich es vorher nicht ansehen?«

Er schüttelte den Kopf.

»Ich will Ihnen nur das eine sagen: Harding ist wirklich sehr gefährlich – und vielleicht versucht er auch Ihnen noch einmal gefährlich zu werden. Bitte erinnern Sie sich dann an dieses Buch. Stecken Sie es dann zu sich oder behalten Sie es in Ihrer Nähe. Wollen Sie mir das versprechen?«

»Aber, Mr. Beale . . .?«

»Wollen Sie es mir versprechen?«

Sie nickte, und er ging ohne ein weiteres Wort hinaus.

McNorton kam sofort auf ihn zu.

»Scotland Yard hat gerade angerufen«, sagte er. »Man ist fest davon überzeugt, daß Harding London nicht verlassen hat.«

»Hat das Mädchen gesprochen?«

»Hilde Gordon? Nein. Sie ist stumm wie ein Fisch, und es sieht ganz so aus, als wäre sie nicht mehr ganz richtig im Kopf.«

Es klopfte an der Tür, und Kitson ging hin und öffnete. Ein Kellner stand draußen.

»Jemand möchte zu Ihnen«, sagte er, aber bevor er weitersprechen konnte, wurde er beiseite geschoben. Ein müde aussehender Mann in einem schmutzigen Trenchcoat trat ins Zimmer.

»Mein Name ist Milsom«, sagte er. »Brauchen Sie einen Kronzeugen?«

29

Milsom wankte auf den Tisch zu und fiel in einen Sessel.

»Wo ist Harding?« fragte Beale. Aber Milsom zuckte nur die Schultern.

»Ich habe ihn vor zwei Stunden verlassen. Zu dieser Zeit war er unterwegs nach seinem Haus in Southwark. Wir hatten vorher eine kleine Meinungsverschiedenheit, in deren Verlauf er mir den Zeigefinger abschoß.« Er hob die rechte Hand. »Ich wollte gerade abdrücken, aber Harding war schneller als ich. – Jetzt geben Sie mir bitte etwas zu trinken!«

Man brachte ihm ein Glas Wein, das er gierig austrank.

»Sie haben zwar die Küste abgesperrt, aber er kriegt seine Botschaften doch durch, wenn . . .«

»Also hat er das Zeichen noch nicht gegeben?« fragte Beale eifrig. »Sie müssen uns die Wahrheit sagen, Milsom; wenn Sie uns helfen, Harding zu fangen, werden Sie nicht vor Gericht gestellt.«

Milsom kniff die Augen zusammen.

»Es war nicht die Hoffnung auf Straffreiheit, die mich bewogen hat, mit Harding zu brechen. Sie werden sich kranklachen, wenn ich Ihnen den wahren Grund sage: Ich bin Engländer, und ich konnte den Gedanken einfach nicht ertragen, daß dieses Land vernichtet werden sollte. Verdammte Sentimentalität! Sie glauben mir wohl nicht?«

Die andern schauten ihn erstaunt an.

»Aber worauf wartet Harding denn noch?« fragte McNorton nach einer Pause.

»Irgend etwas klappt in der Organisation nicht«, antwortete Milsom. »Bitte überlegen Sie sich, daß Harding ein ungeheuer weitverzweigtes Netz von Agenten und Vertrauensleuten über die ganze Welt ausgespannt hat. Seit beinahe einem Jahr besteht seine Hauptarbeit nicht etwa in chemischen Experimenten – die Herstellung des grünen Brandes funktioniert längst bis ins kleinste –, sondern im Organisieren und Plänemachen. Nach langen Vorarbeiten hat er es so weit gebracht, daß jetzt in jedem Land ein Vertrauensmann sitzt, der eine ganze Reihe von Agenten und Unteragenten kommandiert. Dieser ganze Apparat wartet jetzt darauf, daß Harding ein bestimmtes Codewort ausgibt – richtig gesagt sind es eigentlich drei Wörter, die folgende Bedeutung haben: ›Losschlagen‹, ›Weitere Befehle von mir abwarten‹ und ›Plan wird für dieses Jahr fallengelassen‹. Harding hat mich als seinen Stellvertreter über diese Maßnahmen genau informiert.«

»Und wie heißen die Codewörter?«

»Harding war vorsichtig genug, sie jeden Monat zu ändern«, sagte Milsom. »Er hat sie dann jedesmal selbst seinen Vertrauensleuten im Ausland mitgeteilt, mich hat er aber leider nie informiert. Das mag seltsam klingen, da er mich sonst doch in alles einweihte, ist aber typisch für ihn. Er wollte unbedingt, daß alle Macht in seiner Hand bleibt und daß niemand anders als er in der Lage ist, das Ganze ins Rollen zu bringen.«

»Aber er hat die Codewörter doch sicher irgendwo aufgeschrieben?« fragte Kitson.

»Darauf komme ich gleich zu sprechen. Nachdem die Fabrik in Paddington abgebrannt war, sagte Harding, es sei an der Zeit zu verschwinden. Er wollte nach Südamerika, ich sollte nach Kanada fahren. ›Bevor Sie gehen‹, sagte er, ›gebe ich Ihnen noch den Code. Wir treffen uns um zehn Uhr noch einmal.‹ Wir gingen zurück in seine Wohnung – das war ungefähr um fünf Uhr morgens. Er packte ein paar Sachen ein, und ich sah, wie er aus einer Aktenmappe, die er am Abend vorher aus Staines mitgebracht hatte, etwas herausnahm und in seine Rocktasche steckte. Er brachte es kaum in der Tasche unter – es sah aus wie eine kleine Kassette. – Ich blieb die ganze Zeit allein, bis Harding endlich um elf Uhr zurückkam. Ich erkannte ihn fast nicht wieder; er war völlig außer sich. Es stellte sich heraus, daß er das Papier, auf dem er die Codewörter notiert hatte, nicht mehr fand. Er sagte, er müsse es verlegt haben . . .«

»Verlegt?« rief Beale verblüfft. »Das ist doch unmöglich!«

»Es ist wirklich so«, sagte Milsom. »Ich weiß, es klingt geradezu grotesk, daß er plötzlich selbst nicht mehr in der Lage war, seinen mit soviel Sorgfalt ausgetüftelten Plan zu starten. An und für sich sollte man annehmen, daß er sich die Codewörter nicht nur aufgeschrieben, sondern auch gemerkt hatte. Gerade letzteres war ihm aber immer unmöglich gewesen. Wie viele Wissenschaftler hatte er für manche Dinge einfach kein Gedächtnis, sondern verließ sich meistens ganz auf seine Notizen. – Im übrigen konnte ich seinen Worten entnehmen, daß der Code nicht hoffnungslos verloren sei, sondern daß er im Gegenteil wußte, wo er ihn finden konnte. Er erklärte mir, daß ich ihm bei einem Einbruch behilflich sein müsse – und damit fing der Streit zwischen uns an.«

»Wo wollte er denn einbrechen?« fragte McNorton mit fachlichem Eifer.

»Diese Frage habe ich ihm auch gestellt, aber er hat sie mir leider nicht beantwortet. Er teilte mir nur noch mit, daß höchstwahrscheinlich ein Wächter um die Ecke gebracht werden müsse. Ich sagte ihm daraufhin, daß ich so etwas unter keinen Umständen mitmachen würde. Er wurde zornig und beschimpfte mich wegen meiner ›sentimentalen‹ Einstellung. Ein Wort gab das andere. Er war wie von Sinnen, und als ich ihm schließlich erklärte, die ganze Sache hinge mir zum Halse heraus und ich wolle aussteigen, bedrohte er mich mit seiner Pistole. Ich wußte selbst nicht mehr, was ich tat, und schrie ihm die ganzen Zweifel, die schon seit Monaten in mir aufgestiegen waren, ins Gesicht. Schließlich bin ich Engländer und kann mein Land nicht einfach einem Schicksal preisgeben, wie es Harding ihm zugedacht hat. – Als der Streit bei diesem Punkt anlangte, erkannte ich, daß ich zu weit gegangen war. Harding hob die Pistole, und ich sah es ihm an, daß er im nächsten Augenblick schießen würde. Ich sprang zur Seite, riß meine eigene Waffe aus der Tasche, und wir drückten fast gleichzeitig ab. Leider habe ich ihn nicht getroffen, aber er . . . Sie sehen ja!« Milsom zeigte auf seine Hand. »Es gelang mir, zu entkommen – und jetzt bin ich hier.«

»Harding ist also auf jeden Fall noch in London«, meinte Beale nach einer Pause. »Können Sie uns sagen, um welche Zeit der Einbruch stattfinden sollte?«

»Gegen elf«, entgegnete Milsom. »Also in etwa einer Stunde.«

»Ich verstehe das Ganze nicht«, sagte McNorton. »Man muß ja fast annehmen, daß der Code bei irgend jemand ist, der sich weigert, ihn herauszugeben!«

Margaret hatte die Tür halb geöffnet und dem Gespräch zugehört. Jetzt schloß sie sie vorsichtig – ein Gedanke kam ihr, der sie zusammenfahren ließ. Hatte Milsom nicht eine kleine Kassette erwähnt, die der Doktor zu sich gesteckt hatte? Ihre Theorie war vielleicht unwahrscheinlich, vielleicht deutete sich hier aber auch eine Möglichkeit an . . .

Schnell lief sie in ihr Zimmer zurück und rief das Mädchen, das Mr. Kitson für ihre persönliche Bedienung eingestellt hatte. Das Mädchen hatte gerade im Schlafzimmer aufgeräumt und kam mit einem Bündel schmutziger Kleider herein, als sie Miss Cresswell rufen hörte. Es waren die Kleider, die Margaret bei ihrem Abenteuer getragen hatte.

»Haben Sie unter meinen Sachen ein Stück Papier gefunden? Ich suche – hm – einen Pfandschein . . .«

»O ja, ich wollte Sie gerade deswegen fragen. Der Schein steckte in Ihrem Strumpf. Hier ist er, Miss.«

Margaret dankte ihr etwas verlegen und gab ihr für den Abend frei. Sie wartete, bis das Mädchen das Zimmer verlassen hatte und wollte eben zu den Männern zurücklaufen, die sich nebenan noch immer berieten, als sie plötzlich wie gebannt stehenblieb – die Tür, die sich eben hinter dem Mädchen geschlossen hatte, öffnete sich langsam wieder. Vor ihr stand Dr. Harding.

Mit einer schnellen Bewegung drückte er die Tür hinter sich ins Schloß und kam auf sie zu. Er hielt eine Pistole auf sie gerichtet, und sie sah ihm an, daß er keine Sekunde zögern würde, die Waffe zu gebrauchen.

»Keine Bewegung«, flüsterte er, »und keinen Laut! Geben Sie den Pfandschein her!«

Sie gehorchte schweigend, und während sie ihm den Schein gab, blickte sie an ihm vorbei auf das Bücherregal an der Wand. Ihre Augen suchten nach einem Band, der den Namen Stanford Beales trug.

30

»Gut«, sagte Harding und steckte den Schein in die Tasche. »Er nützt mir zwar jetzt nichts mehr, denn bis morgen früh kann ich nicht warten ... Sie haben ihn noch niemand gezeigt, wie?«

»Nein, ich wollte gerade ...«, flüsterte sie mit schreckgeweiteten Augen.

»Glück gehabt!« Er lachte leise. »Wenn Beale den Pfandschein zu Gesicht bekommen hätte, wäre mein ganzer Plan mißglückt. Und jetzt beeilen Sie sich, aus bestimmten Gründen kann ich es mir nicht leisten, Sie hierzulassen.«

Sie hatte sich inzwischen wieder gefaßt. Es war sogar eine merkwürdige Ruhe über sie gekommen.

»Kann ich mir eine Reisetasche mitnehmen?«

»Natürlich, aber beeilen Sie sich!«

Sie warf wahllos einige Sachen in eine große Tasche.

»Haben Sie etwas dagegen, wenn ich mir ein Buch mitnehme?« erkundigte sie sich plötzlich ironisch. »Es wäre mir lieb, wenn ich mich von Ihrer Gesellschaft etwas ablenken könnte.«

»Sie haben Humor«, knurrte Harding. »Aber von mir aus, nehmen Sie sich etwas zum Lesen mit.«

Sie zog ein Buch aus dem Regal und legte es in die Reisetasche. Fast hätte sie sich durch einen Ausruf verraten, als sie das Gewicht des Bandes spürte.

»Gehen Sie jetzt auf den Gang. Ich halte mich dicht hinter Ihnen. Am Ende des Ganges biegen Sie nach links ab zur Hintertreppe. Diese Treppe gehen wir dann hinunter. Und glauben Sie mir – bei dem kleinsten Versuch zu schreien oder zu fliehen, werde ich Sie töten.«

Sie antwortete nicht. Sie wußte, es galt ihr Leben. Folgsam schritt sie vor ihm her.

Unbemerkt gelangten sie auf die Straße. Dort packte Harding sie am Arm und führte sie zu einem parkenden Wagen, an dessen Steuer Bridgers saß. Sie stiegen ein, und der Wagen sauste mit quietschenden Reifen durch die nächtlichen Straßen.

»Nun, meine Herren«, sagte Milsom, »ich glaube nicht, daß ich Ihnen noch mehr sagen kann. Was haben Sie mit mir vor?«

»Bis zur Verhandlung bleiben Sie selbstverständlich in Untersuchungshaft«, sagte McNorton. »Hoffen wir, daß es überhaupt zu einer Verhandlung kommt.«

»Schön«, entgegnete Milsom gleichgültig. »Mir ist jetzt sowieso alles egal. Ich kann Ihnen nur noch einmal den Rat geben – unterschätzen Sie Harding nicht.«

Zusammen mit McNorton verließ er das Zimmer.

Beale sah auf seine Uhr und blickte dann etwas verlegen Kitson an.

»Ob sich Miss Cresswell wohl schon schlafen gelegt hat?« fragte er.

»Das werden wir gleich erfahren«, entgegnete Kitson augenzwinkernd. »Sie wollen ihr gute Nacht sagen, wie?«

Der Rechtsanwalt klopfte an die Tür, die zu Margarets Räumen führte, trat ein, als sich nichts rührte, und blieb eine Zeitlang verschwunden. Sein Gesicht war besorgt, als er zurückkam.

»Sie ist nicht da«, sagte er.

»Nicht da?«

»Weder in ihrem Wohnzimmer noch im Schlafzimmer. Ich kann mir das gar nicht erklären ... Warten wir einen Augenblick, ich habe nach dem Mädchen geklingelt.«

Das Mädchen kam gleich darauf im Morgenrock herunter. Offensichtlich hatte sie gerade ins Bett gehen wollen.

»Wo ist Miss Cresswell?«

»Ich weiß nicht, Sir. Sie hat mich vor einer halben Stunde schlafen geschickt.«

»Was ist denn das hier?« rief Beale, der sich im Wohnzimmer umgesehen hatte, und hob einen Herrenhandschuh vom Boden auf. »Hatte Miss Cresswell Besuch?«

»Nicht daß ich wüßte, Sir. Als ich Miss Cresswell das letztemal sah, war sie allein. Sie schien sehr aufgeregt zu sein ...«

»War irgend etwas Besonderes vorgefallen?«

»Eigentlich nicht. Ich hatte unter ihren Sachen einen Pfandschein gefunden und gab ihn ihr. Sie hatte mich danach gefragt. Der Schein lag bei den Kleidern, die sie in Staines trug.«

»Ein Pfandschein?« riefen Kitson und Beale gleichzeitig. »Was stand darauf?«

»Ich habe ihn mir genau angesehen, weil ich es so seltsam fand, ausgerechnet einen Pfandschein bei Miss Cresswell zu finden. Er lautete auf zehn Shilling für eine Nickel-Herrenuhr.«

»Können Sie sich auch entsinnen, auf wen er ausgestellt worden war?«

»Ich glaube auf einen Mr. Harden – oder so ähnlich. Das Pfandhaus heißt übrigens Bergson & Co., Commercial Road.«

»Sie haben ein ausgezeichnetes Gedächtnis, hier ...!«

Der Rechtsanwalt drückte dem Mädchen einen Geldschein in die Hand, während Beale wieder in das Zimmer zurückstürzte, in dem sie sich vorher beraten hatten. Er traf dort McNorton, der eben Milsom einem seiner Assistenten übergeben hatte, und unterrichtete ihn kurz von dem neuesten Mißgeschick. Plötzlich schlug er sich an die Stirn.

»Ich weiß, wo der Code ist!« rief er aufgeregt. »Bestimmt hatte Miss Cresswell den gleichen Gedanken – der Code befindet sich entweder eingraviert oder auf ein Stück Papier geschrieben im Gehäuse dieser Uhr! Begreifen Sie denn nicht? Harding traute weder seinem Gedächtnis noch seinen Mitarbeitern. Er hat den Code einfach in eine gewöhnliche Uhr gesteckt und diese Uhr versetzt. Dort lag er völlig sicher. Wer würde auch daran denken, in einer Nickeluhr, die versetzt wurde, nach einem Codewort von höchster Wichtigkeit zu suchen?«

»Und wie kam der Pfandschein in die Hände von Miss Cresswell?«

»Wahrscheinlich fand sie ihn in ihrem Zimmer in dem Pfarrhaus und hat ihn aus irgendwelchen Gründen – vielleicht nur der Kuriosität halber – zu sich gesteckt. Soviel ich weiß, werden diese Scheine in kleinen Kuverts aufbewahrt. Sie ließ das Kuvert zurück, und Harding entdeckte den Verlust erst, als er beabsichtigte, Milsom den Code mitzuteilen. Erinnern Sie sich daran, daß er Milsom sagte, er könne ihm den Code erst nach zehn Uhr geben – wahrscheinlich ist das die Stunde, zu der die Pfandhäuser öffnen!«

McNorton nickte.

»Das stimmt!«

»Erinnern Sie sich auch daran, daß Milsom den Eindruck gehabt hatte, daß Harding wußte, wo sich der Code befand! Es ist ganz klar – Harding hat sich, nachdem er das Fehlen des Scheines entdeckt hatte, dazu entschlossen, heute nacht in das Pfandhaus einzubrechen. Wir müssen schleunigst dorthin.«

»Einen Moment!« rief der Rechtsanwalt, der zu ihnen getreten war. »Und was ist mit Margaret? Denken Sie denn gar nicht an das Mädchen, Beale?«

»Glauben Sie denn, ich hätte sie vergessen?« entgegnete ihm Beale leise. »Ich denke dauernd an sie – denn ich glaube, daß es Margaret sein wird – und nicht einer von uns –, die Harding der Gerechtigkeit überliefert.«

»Sind Sie wahnsinnig?« fragte Kitson bestürzt.

»Durchaus nicht. Kommen Sie hierher!« Beale faßte den Anwalt beim Arm und führte ihn in das Wohnzimmer des Mädchens vor ein Bücherregal. »Sehen Sie, daß hier ein Buch fehlt? Es ist ein Buch, das ich ihr gegeben habe, und das sie mitgenommen hat . . .«

»Aber um Himmels willen, was soll ihr ein Buch nützen?« fragte Kitson völlig verwirrt.

»Warten Sie ab«, entgegnete Beale geheimnisvoll.

31

Das Polizeiauto stoppte vor einem Eckladen, über dem in großen Lettern ›Pfandhaus‹ stand. Beale, McNorton und zwei Kriminalbeamte sprangen heraus.

Die Ladentür war nicht verschlossen. Beale knipste das Licht an und sah schon beim ersten flüchtigen Blick, daß Harding ihnen wieder zuvorgekommen war: Auf der Theke lagen ein Bogen Papier und ein Häufchen Silbermünzen. Auf dem Papier stand in der charakteristischen Schrift Hardings: ›Für die Auslösung einer Uhr zehn Shilling und sechs Pence.‹

Die Männer sahen sich an.

»Ein kühner Bursche!« sagte McNorton schließlich. »Die Tür wurde offensichtlich mit einem Dietrich geöffnet, sie hat ja nicht einmal ein Sicherheitsschloß!«

Beale hatte den Bogen mit Hardings Botschaft inzwischen sorgfältig untersucht. Wahrscheinlich hatte Harding die Zeilen mit der Absicht geschrieben, seine Verfolger zu ärgern. Die Zeilen standen auf der Rückseite eines Rechnungsformulars, das der Doktor wohl zufällig in der Tasche gehabt hatte. Es war die Rechnung einer Samenhandlung in Horsham. Adressiert an Mr. A. B. Harden.

»Dies ist der Name, auf den das Grundstück in Paddington gemietet war«, erklärte McNorton.

Beale betrachtete nachdenklich die Rechnung, dann ging ein Leuchten über seine Züge.

»Jetzt ist mir klar, was er vorhat!« rief er. »Lesen Sie, McNorton, was Harding gekauft hat . . . Verstehen Sie?«

McNorton las den Rechnungsbetrag, der auf drei Pfund und zehn Shilling lautete, und las auch, wofür dieser Betrag gezahlt worden war.

»Sie haben recht«, sagte er dann erstaunt. »Es ist doch seltsam, daß auch die größten Gauner einmal eine kleine Dummheit begehen.«

32

Dr. Harding war an und für sich nicht leicht aus der Fassung zu bringen, aber es wunderte ihn doch, wie gelassen Margaret Cresswell ihre zweite Entführung hinnahm. Er war auf Tränen, Bitten und Wutausbrüche gefaßt gewesen, doch sie blieb völlig ruhig. Nicht nur das, sie unterhielt sich sogar mit ihm, als wäre er ein guter Bekannter. Den Einbruch in das Pfandhaus hatte er ganz allein durchgeführt. Bridgers hatte unterdessen das Mädchen im Wagen bewacht. Triumphierend war er zurückgekehrt; es war alles so glatt gegangen, daß er jetzt keinerlei Sorge für das Gelingen seines Planes mehr hatte.

In bester Laune setzte er sich neben Miss Cresswell, während der Wagen durch die menschenleeren Straßen raste.

»Wann werden Sie sich denn scheiden lassen?« fragte er.

»Überhaupt nicht«, entgegnete sie. »Ich bin froh, daß ich verheiratet bin.«

Verwundert sah er sie an.

»Fast hätte ich Lust, Mr. Beale die Suppe noch zu versalzen«, murmelte er dann. »Aber von mir aus – werden Sie glücklich mit ihm! Ich habe nicht die Absicht, Sie länger aufzuhalten, als es unbedingt notwendig ist. Noch diese Nacht gebe ich das Zeichen zum Losschlagen – und wenn erst einmal das Codewort bei meinen Agenten angelangt ist, kann nichts mehr den Ablauf meines Planes verhindern.«

»Eigentlich könnten Sie mir jetzt ruhig einmal mitteilen, wie Ihr Plan, von dem Sie dauernd sprechen, aussieht. Gewissermaßen als Entgelt dafür, daß Sie mich zweimal auf nicht sehr freundliche Weise entführt haben.«

»Morgen früh liegt der Getreidemarkt der Welt in meinen Händen«, entgegnete er triumphierend und ballte die Faust. »Ich werde derjenige sein, der den Preis für jedes Pfund Brot festsetzen kann.«

»Aber wieso denn?« fragte sie verwirrt.

»Es wird auf der ganzen Welt nur noch das Getreide geben, das in Südamerika geerntet wird. Und dieses Getreide gehört mir!«

Und dann kam der Rausch des Sieges über ihn. Es war ihm ganz gleichgültig, ob seine Zuhörerin den wild hervorgesprudelten Worten folgen konnte, in denen er vor ihren und auch vor seinen Augen noch einmal die ganze Geschichte des ›grünen Brandes‹ rekapitulierte.

Margaret hörte ihm fassungslos zu.

Wie Schuppen fiel es ihr von den Augen – das also war es gewesen! Alles das, was sie in der letzten Zeit erlebt hatte, die vielen unbegreiflichen Vorfälle – jetzt fügte sich ein Mosaiksteinchen zum andern.

»Als Sie den Pfandschein fanden, hatten Sie den Code in Ihren Händen«, beendete er kichernd seine Erzählung. »Hätten Sie ihn eingelöst, wäre mein ganzer Plan ins Wasser gefallen oder hätte sich zumindest dieses Jahr nicht mehr durchführen lassen. Sehen Sie her, hier ist die Uhr!«

Er zeigte ihr eine billige Taschenuhr. Ein Druck auf einen Knopf ließ den Uhrdeckel aufspringen, und sie sah, daß im Innern des Gehäuses ein rundes, mit feiner Schrift bedecktes Stück Papier eingeklebt war.

»Sie selbst waren für mich die ganze Zeit nur ein Mittel zum Zweck«, fuhr er nach einer langen Pause fort. »Sicher, Sie sind sehr hübsch – aber was mache ich mir daraus? Macht will ich haben, nichts als Macht . . .« Ein Gedanke kam ihm, und er runzelte die Stirn. »Es sei denn . . .«

»Es sei denn?« wiederholte sie ängstlich.

»Bridgers sieht Sie sehr gerne.« Mit einer Handbewegung deutete er auf den Chauffeur. »Er hat mir in den letzten Tagen sehr viel genützt, und wenn er einen Wunsch hat, dann werde ich ihn ihm erfüllen.«

»Sie würden doch nicht . . .«, stieß sie hervor.

»Weshalb denn nicht?« erwiderte er kühl. »Im übrigen wird sich das noch herausstellen. Machen Sie sich über Ihre Zukunft keine Gedanken, was mit Ihnen geschieht, werde ich entscheiden.«

Schaudernd lehnte sie sich zurück und umklammerte ihre Reisetasche. Sie dachte an das Buch, das darin lag.

»Wie wollen Sie Ihr Codewort eigentlich außer Landes bringen? Wahrscheinlich haben Sie einen Geheimsender?«

»Unsinn!« rief er verächtlich. »Ich selbst verstehe nichts von Telegrafie, und ich möchte doch nicht vom guten Willen einiger Fachleute abhängig sein. Der Weg, den ich gewählt habe, ist viel sicherer. Vielleicht kommt er Ihnen ein wenig primitiv vor – aber Sie werden ja sehen . . .«

»Und wie wollen Sie selbst entkommen?«

»Ich werde bei Tagesanbruch England verlassen«, antwortete er vergnügt. »Ein Flugzeug, das als Militärmaschine getarnt wurde, steht auf einem kleinen Bauernhof in Sussex bereit. Bridgers ist ein ausgezeichneter Pilot, und Sie können sich darauf verlassen, daß wir das Festland ohne große Schwierigkeiten erreichen werden.«

Er sah aus dem Wagen.

»Ich glaube, wir sind schon in Horsham. Dieses kleine Gebäude links ist die Bahnstation.«

Der Wagen fuhr eine Steigung hinauf und bog bei einem kleinen Wäldchen von der Hauptstraße ab. Nach zwei Minuten hielten sie vor einem Lattenzaun, hinter dem die dunklen Umrisse eines Bauerngehöfts zu erkennen waren.

»Steigen Sie aus«, sagte Harding gut gelaunt. »Wir sind da – ich werde Ihnen gleich etwas zeigen.«

Er nahm sie am Arm und führte sie durch eine Brettertür in einen Hof, der an drei Seiten von niedrigen Stallungen umrahmt war. Schnell ging er mit ihr auf das zunächst liegende Gebäude zu, öffnete eine mit einem Vorhängeschloß versperrte Tür und drehte einen Lichtschalter.

»Sehen Sie!« Er lachte und stieß das Mädchen in das Innere der Stallung.

»Tauben«, sagte Margaret erstaunt.

Vor ihr lag eine endlose Reihe kleiner Käfige, in jedem saß eine Taube. Erschrocken blinzelten sie in das grelle Licht und begannen mit den Flügeln zu schlagen.

»Tauben«, wiederholte Harding und zog das Mädchen wieder hinaus. »Und jede kennt den Weg zu irgendeiner Hauptstadt Europas, wo ich meine Agenten habe. Es hat mich keine kleine Mühe gekostet, so viele zusammenzubringen. – Jetzt verstehen Sie, wie? Sobald meine Agenten in Europa das Codewort in

Händen haben, informieren sie telegrafisch oder durch Funk die Vertrauensleute auf der ganzen übrigen Welt. Es ist alles durchexerziert, und ich kann Ihnen dafür garantieren, daß die Sache wie am Schnürchen laufen wird. An jeden Agenten wird natürlich nicht nur eine Taube abgeschickt, sondern fünfzig – einige werden bestimmt ihr Ziel erreichen.«

Nachdenklich sah sie ihn an. Seine Augen glühten, ein so ungeheures Selbstbewußtsein lag in jedem seiner Worte, daß sie immer mehr den Eindruck gewann, es mit einem Geisteskranken zu tun zu haben.

Er hatte sie inzwischen in das Hauptgebäude geführt. In einem unaufgeräumten Zimmer setzte er sich an einen Schreibtisch, während sie ihm gegenüber in einem altmodischen Ledersessel Platz nahm. Bridgers hatte den Wagen in einen Schuppen gefahren und war jetzt in der Küche damit beschäftigt, eine Mahlzeit zu richten.

»Verhalten Sie sich ruhig«, sagte Harding. »Ich muß arbeiten.«

Er hatte aus dem Schreibtisch einen Packen dünnes Pauspapier geholt, das in quadratische Stücke von ungefähr vier Zentimeter Seitenlänge zerschnitten war. Hastig begann er auf jedes der Blättchen einige Buchstaben zu schreiben. Die schon beschriebenen steckte er in kleine Aluminiumröhrchen. Margaret begriff, daß diese Röhrchen dann im Gefieder der Tauben befestigt werden sollten.

»Bridgers wird mir nachher helfen«, murmelte Harding. »Wir werden die ganze Nacht zu tun haben. Sie können sich dann später auch noch nützlich machen . . .«

Er sah auf. Sie hatte ihre Reisetasche auf den Schoß genommen und das Buch herausgeholt. Mißtrauisch sah er sie an.

»Wollen Sie jetzt etwa lesen? Was ist das eigentlich für ein Buch?«

Er kam um den Schreibtisch herum, riß ihr den Band aus der Hand und schlug ihn auf. Erstaunt hielt er inne – was er in der Hand hielt, war nur eine Buchattrappe. Wenn man den Deckel aufschlug, sah man ins Innere einer kleinen Schachtel.

»Was war darin?« schrie er sie an.

»Dieses hier«, sagte sie, stieß ihn zurück und sprang auf.

»Keine Bewegung, Dr. Harding!« Ihre Hand, in der sie einen mattglänzenden Browning hielt, zitterte nicht. »Ich glaube nicht, daß Sie morgen früh Ihre Tauben fortschicken können!«

Mit einem schnellen Schritt war sie beim Schreibtisch und wischte die Papierblätter herunter, daß sie durch das Zimmer flatterten.

»Ich erschieße Sie, wenn Sie nicht tun, was ich Ihnen sage. Glauben Sie mir, daß ich den Mut dazu habe!«

Mit einer unaussprechlichen Verblüffung im Gesicht sah er sie an. Seine Hände zitterten, er sah aus, als würde er im nächsten Augenblick zusammenbrechen. Dann änderte sich sein Gesichtsausdruck plötzlich – er starrte die Pistole an und streckte die Hand nach ihr aus.

»Zurück!« rief sie. Er sprang auf sie zu, sie drückte ab – aber nichts geschah. Im nächsten Augenblick hatte er ihr die Pistole aus der Hand gerissen und in eine Ecke geworfen.

»Die Sicherung!« schrie er höhnisch. »Sie haben ja nicht entsichert!«

Vor Wut und Scham hätte sie weinen können. Das war Beales Fehler gewesen, er hatte nicht daran gedacht, daß Mädchen für gewöhnlich nur sehr unklare Vorstellungen davon haben, wie eine Pistole schußfertig gemacht wird.

»Das werden Sie mir büßen!« rief er und stieß sie in den Sessel zurück. »Wenn Sie solche Dummheiten machen, werden wir Sie ein wenig anders behandeln müssen ...« Er lief zur Tür und brüllte:

»Bridgers!«

Nach einer Weile hörten sie eilige Schritte.

»Komm herein, Bridgers!« schrie Harding. »Schau dir dieses Mädchen an ...«

»Wie wollen Sie mit uns kommen, Harding? Ruhig oder nicht?«

Blitzschnell fuhr er herum, zwei Männer standen unter der Tür, der vordere war Beale.

»Rufen Sie nicht nach Bridgers, der ist schon unterwegs zum Kittchen«, sagte McNorton gemütlich. »Und für Sie habe ich einen Haftbefehl.«

Mit einem wütenden Aufschrei sprang der Doktor zurück, kauerte sich zusammen und riß eine Pistole aus der Tasche.

Beale und McNorton drückten gleichzeitig ab, es klang wie ein einziger Schuß. Harding stürzte mit ausgebreiteten Armen nach vorne zu Boden.

Es war Freitag früh, als Beale Miss Cresswell in ihrem Hotel besuchte.

»Die Getreidepreise fallen!« rief er als Begrüßung. »Es war wirklich die letzte Minute, bevor eine Panik auf der ganzen Welt ausgebrochen wäre.«

»Ich gratuliere Ihnen«, entgegnete das Mädchen leise. »Sie haben alles erreicht, was Sie sich wünschten . . .«

»Alles?« meinte Beale gedehnt. »Sicher, der Plan Hardings ist ein für allemal gescheitert. Die Adressen aller seiner Agenten und Vertrauensleute sind in unseren Händen. Auf der ganzen Welt sitzen seine Angestellten bereits hinter Schloß und Riegel. Es kommt einem bereits wie ein böser Traum vor . . .«

»Und was werden Sie jetzt tun?« erkundigte sich Margaret zögernd.

»Nun, Sie wissen doch«, entgegnete er verlegen, »ich habe noch einiges mit dem Scheidungsgericht zu verhandeln.«

»Scheidungsgericht?« fragte sie. »Sind Sie etwa Zeuge? Ich wußte gar nicht, daß Sie sich auch mit solchen Dingen befassen. Übrigens haben Sie mir noch nicht erzählt, wie Sie mich gefunden haben?«

»Das war sehr einfach«, erwiderte er, erleichtert über diesen Wechsel des Gesprächsthemas. »Harding beging einen jener seltsamen Fehler, die auch dem gewiegtesten Verbrecher einmal unterlaufen: Er ließ eine Rechnung in dem Pfandhaus zurück, die von einem Samenhändler aus Horsham für Taubenfutter ausgestellt worden war. Ich reimte mir zusammen, daß er sein Codewort mit Hilfe von Brieftauben an Ort und Stelle zu bringen beabsichtigte. Dieser seltsame Plan paßte ganz zu ihm. Das andere war dann einfach – wir fuhren zu dem Samenhändler, und der wies uns zu dem Bauernhof, in den Sie Harding geschleppt hatte.«

Sie schauderte.

»Es war grauenvoll«, sagte sie.

Er nickte.

»Ich bin froh, daß wir noch rechtzeitig ankamen«, entgegnete er leise.

»Und jetzt wollen Sie also die Scheidung einreichen?« fragte sie ebenso leise. »Ich muß Ihnen etwas sagen, Mr. Beale, etwas, was ich Ihnen bis jetzt verschwiegen hatte ... Haben Sie nie daran gedacht, daß die Wirkung des Betäubungsmittels, unter dessen Einfluß ich stand, vielleicht schon etwas nachgelassen hatte, als Sie mit Ihrem seltsamen Pfarrer ankamen? – Vielleicht war ich sogar ein wenig bei Sinnen – wenn ich auch nachher dachte, es wäre nur ein schöner Traum gewesen ...«, fügte sie kaum hörbar hinzu und sah ihn lächelnd an.

Beale stand sprachlos vor ihr.

»Margaret, was soll ich denn tun?« fragte er heiser.

»Warte doch, bis ich die Scheidung einreiche«, sagte sie und warf sich in seine Arme.

ARTHUR W. UPFIELD

Bony und die schwarze Jungfrau
Roman 1074

Als der Schafzüchter John Downer nach einer Sauftour in der Stadt auf seine Farm zurückkehrt, ist sein Aufseher Carl Brandt spurlos verschwunden. Statt dessen entdeckt Downer die Leiche eines unbekannten Mannes, der ein schwarzes Haarbüschel in der Hand hält – es scheint, als habe er mit seinem Mörder einen erbitterten Kampf geführt...

»Upfields Krimis zählen zum Besten, was die australische Literatur zu bieten hat.« *Gisbert Haefs*

Außerdem erschienen:
Die Giftvilla (180) • Der neue Schuh (219)
Bony stellt eine Falle (1168) • Fremde sind unerwünscht (1230)
Das rote Flugzeug (5158)

GOLDMANN

REX STOUT

Der rote Bulle
Roman 6226

Der Plan des Restaurantbetreibers Pratt ist ausgefallen, aber werbewirksam: Er kauft den berühmtesten Zuchtbullen der USA, nur um ihn seinen Gästen in Form von Beefsteaks zu servieren. Doch bevor er sein Vorhaben in die Tat umsetzen kann, wird ein Toter in der Koppel gefunden – durchbohrt von den Hörnern des Stieres...

»Ausgezeichnete Dialoge auf jeder Seite und unüberbietbare Spannung – perfekt!« *A Catalogue of Crime*